Nikola Hahn
Baumgesicht

Nikola Hahn

Baumgesicht

Geschichten und Gedichte

überarbeitete und erweiterte Neuausgabe 2003

Umschlaggestaltung: Nikola Hahn (nach einer Fotografie von Thomas Hahn: Phantasiewurzeln/Kiessee Obertshausen, 1989)
Vorsatzbild: N. Hahn, Zauberbaum, Farbstifte/Tusche auf Papier
Gesetzt in Microsoft® Word 2000
Herstellung: Books on Demand GmbH, Norderstedt, 2003
Printed in Germany
ISBN 3-8330-0687-0

Für meine Mutter
Mit meiner Kindheit untrennbar verbunden sind Deine selbsterfundenen Gutenachtgeschichten, die mich den Zauber des Erzählens lehrten.

Für Thomas
Schreiben braucht Zeit. Danke, daß Du sie mir gibst.

INHALTSVERZEICHNIS

Vorwort zur Neuausgabe

Geschichten schrieb ich schon als Kind in Schulheften auf, kaum, daß ich das Alphabet beherrschte. Später verfaßte ich allerlei Gereimtes, und im Alter von etwa sechzehn meinen ersten „Roman“, eine zugegebenermaßen grottenschlechte Liebesgeschichte, die zurecht in einer Schublade verschwand. Nachdem ich eingesehen hatte, daß Schreiben durchaus etwas mit Handwerk zu tun hat, stellten sich erste kleine Erfolge ein: Kurzprosa und Lyrik, zum Teil aus „Hausaufgaben“ eines Fernlehrgangs hervorgegangen, erschienen in Anthologien und Zeitschriften; ich schrieb Artikel über meinen Beruf Polizistin, arbeitete zwei Jahre als Lokaljournalistin und mehrere Jahre in der Redaktion einer Literaturzeitschrift.

1995 kam mein erstes Buch heraus: *Baumgesicht. Gedichte und Prosa* – eine Werkstattausgabe meiner zum Teil bereits veröffentlichten Geschichten und Gedichte. Noch im gleichen Jahr war das Buch vergriffen, und ich widmete mich zunehmend „der großen Form“, dem Romanschreiben. Inzwischen sind drei Romane* im Verlagshaus Ullstein-Heyne-List erschienen, und bei meinen Lesungen werde ich immer wieder nach meinem Erstling gefragt. Daraus entstand die Idee, mein Debüt zu überarbeiten und – um einige Texte erweitert – neu aufzulegen. Das Ergebnis halten Sie in den Händen. Ich wünsche Ihnen viel Freude beim Lesen.

Nikola Hahn, Sommer 2003

**Die Detektivin, Die Wassermühle, Die Farbe von Kristall*
Informationen im Internet: www.nikolahahn.de

Erfundene Welten – Vorwort zur Erstauflage

Alltagsliteratur nennt Nikola Hahn ihre Arbeiten. Simpel gestrickte Happy-End-Stories sind ihr ebenso suspekt wie hochgeistige literarische Ergüsse, die kein Mensch versteht, sagt sie, ihre Prosa und Lyrik (besser: verdichtete Gedanken) wollen nicht unbedingt gefällig, aber doch verständlich sein; die Texte sind zum Teil autobiographisch, allerdings nie vollkommen. Im Gedicht stellt sie den freien Rhythmus dem Reim zur Seite, der sarkastische Einwurf oder die kritische Zustandsbeschreibung haben ihren gleichberechtigten Platz neben dem zarten Stimmungsbild – starke Gegensätze, die hier im Schreiben ihren vielfältigen Ausdruck finden.

Verarbeitung des Alltags in der Literatur, der Blick auf das an und für sich wenig Spektakuläre, die Heldinnen und Helden ganz normale Leute – diese sogenannte Alltagsliteratur hat mit Vorurteilen zu kämpfen. Und doch erfindet sie, wie die Autorin meint, gleichfalls ihre Welten. Das macht für Nikola Hahn den Reiz der Schriftstellerei aus: In ihren Arbeiten zeigt er sich zum einen im konstruktiv-spielerischen Umgang mit den literarischen Formen, zum anderen in der erzählerischen Durcharbeitung der Texte. Hier, in den Erzählkernen gewissermaßen, mag ein biographisches Moment verborgen sein, als Anstoß und Auslöser für das, was zu erzählen ist, das Weltenerfinden eben.

Geboren 1963 in Wehrda (Kreis Marburg-Biedenkopf), lebt die Kriminalkommissarin heute in Rödermark. Den Weg von einer Region in die nächste und die berufliche Ausbildung begleiten – nach frühen literarischen Anfängen – ein Fernstudium (Lyrik, Belletristik, Sachliteratur) und praktische Erfahrungen im Schreiben (Freie Mitarbeit bei der Offenbach-Post, Veröffentlichung in Anthologien) sowie berufliche Einsätze in den Metropolen: Startbahn West, Hamburg Hafenstraße. Daneben: Zeichnen und Engagement für den Natur- und Umweltschutz.
Zwischen Polizei und Greenpeace? Der Biographie ist ein Spannungsmoment inne, das für viele gewiß nicht einfach nachzuvollziehen ist. Die Literatur spiegelt es wieder zurück; so bleibt, im li-

terarisch übertragenen Sinne, das Bemühen um den Ausgleich ein großes – vielleicht das große – Thema im Schreiben von Nikola Hahn. Die Dinge werden aus verschiedenen Blickwinkeln beleuchtet, die „andere" Seite erfährt eine sie nicht minder ernst nehmende Betrachtung wie der subjektive Standpunkt der Erzählerin oder des lyrischen Ich selbst. Damit wird freilich ein Anspruch aufgegeben, den wenigstens die hohe Literatur für sich noch postuliert: Einseitig zu sein, ja sein zu wollen und zu müssen. Hier scheiden sich die Wege; bezieht die Alltagsliteratur von Nikola Hahn auch Stellung und gibt Denkanstöße, so vermeidet sie doch Anstößigkeit im Sinne einer tendenziellen Wertung. Auch der Alltag, dieses große Sowohl-als-auch, braucht seine Literatur.

Dreieich, im Mai 1995
Michael Neuner

Prosa

Warum ich Geschichten schreibe

Ich sitze an meinem Schreibtisch und schaue durchs offene Fenster auf den alten Ahorn. Der Wind zerrt an den Blättern. Der Himmel ist verhangen, es riecht nach Herbst. Vor mir liegt ein leeres Blatt. Ich entwickle Konzepte, ändere, verwerfe sie. Ich sehe den Baum, die Wolken, ich fühle die Kühle des zu Ende gehenden Sommers. Gibt es Schöneres, als Gefühle und Gedanken in Worte zu fassen, Begegnungen, Erfahrungen mit Phantasie zu mischen und daraus Geschichten zu formen? Eine Idee fließt in Sätze, Szenen entstehen. Und eine neue Welt.

Der kleine Junge

Auf dem Umschlag stand kein Absender, aber die Schrift war unverkennbar. Dagmar klappte die schlichte Karte auf. *Wir heiraten – Ines und Klaus.* Sie lächelte. Ein Kind war er damals gewesen. Und genauso traurig wie sie ...

*

Dagmar hörte die Wohnungstür ins Schloß fallen und weinte. Nach fünf Jahren Ehe war von der großen Liebe nichts geblieben. Es verging fast kein Tag, an dem sie nicht mit Matthias stritt, und hinterher wußten sie beide oft nicht einmal mehr, was der Anlaß gewesen war. Dagmar hatte plötzlich das Gefühl, in einem Käfig zu sitzen, das Leben nur noch durch Gitterstäbe zu sehen. Aber wer zwang sie, zu bleiben? Sie wischte sich die Tränen aus dem Gesicht, holte ihre Reisetasche vom Schrank, stopfte wahllos Kleidungsstücke hinein, packte ihre Lieblingsbücher dazu und ihren zerzausten Teddy, den Matthias nicht leiden konnte. Sie ging, ohne eine Nachricht zu hinterlassen. Wozu auch.

Ihr alter VW war wie immer zugeparkt. Fluchend warf sie die Tasche auf den Rücksitz. Als sie endlich aus der Parklücke heraus war, stand ihr der Schweiß auf der Stirn. Sie kurbelte das Fenster herunter, aber der Fahrtwind kühlte nicht. Die untergehende Sonne färbte die Wolken rot. Wehmütig erinnerte sie sich daran, wie sehr Matthias und sie diese lauen Sommerabende früher geliebt hatten. Auf dem winzigen Balkon, der längst zur Abstellnische verkommen war, hatten sie Wein getrunken, geredet und gelacht, bis Beschwerderufe der Nachbarn sie hineingetrieben hatten.

Sie passierte die kleine Kneipe am Ende der Straße und war einen Moment versucht, anzuhalten. Hier hatten sie sich damals kennengelernt, und hierher flüchtete sich ihr Mann in schöner Regelmäßigkeit, wenn sie sich gestritten hatten. Und sie folgte genauso regelmäßig, um ihn zurückzuholen. Sie tranken einen Whisky an der Bar, und der alte Mann am Piano spielte weise lächelnd ihren Lieblingssong. Dagmar trat das Gaspedal durch.

Sie fuhr aus der Stadt heraus, auf die Autobahn, ohne Ziel in die

Dämmerung hinein. Wut und Trauer ließen nach, je mehr Kilometer sie zwischen sich und ihr gewohntes Leben brachte. Sie verließ die Autobahn, kam an kleinen Dörfern und Gehöften vorbei, sah hier und dort Licht hinter blumengeschmückten Fenstern. Die Luft wurde kühler. Fröstelnd angelte sie nach ihrer Jacke und kurbelte die Scheibe hoch. An der nächsten Kreuzung versprach ein verwittertes Holzschild *Zimmer frei*, und sie folgte einer schmalen Straße, die einen Hügel hinaufführte. Auf der Anhöhe stand ein Wegkreuz, das im letzten Tageslicht wie ein mächtiger Schattenriß aussah. Plötzlich bewegte es sich, und Dagmar erschrak so sehr, daß sie eine Vollbremsung machte.

Mit zitternden Händen fuhr sie zum Straßenrand. Sie starrte das Kreuz an. Nichts. Sie hatte sich vom Licht narren lassen! Warum sie trotzdem ausstieg, wußte sie später nicht mehr.

Sie ging um das Kreuz herum. Ein kleiner Junge, vielleicht fünf oder sechs Jahre alt, kauerte hinter dem granitenen Sockel.

„Was tust du denn hier?" fragte sie. „Hast du dich verlaufen?"

Er schaute sie aus großen Augen schweigend an. Als Dagmar sah, daß er vor Kälte zitterte, zog sie ihre Jacke aus und legte sie ihm über.

„Nimmst du mich mit?" fragte er schüchtern.

Dagmar nickte. Sie streckte ihm ihre Hand hin, die er zögernd ergriff.

„Wie heißt du?" fragte sie, als sie den Motor startete.

„Klaus."

„Wohin soll ich dich bringen, Klaus?"

„Weg."

Dagmar lächelte. „Und was heißt das, bitteschön?"

„Eben weg. Ganz, ganz weit weg."

„Und warum willst du nicht nach Hause?"

„Weil ich nicht will!" beharrte er trotzig.

„Du mußt mir aber schon sagen, wohin ich dich bringen soll, hm?"

Er zuckte die Schultern. „Wohin willst du denn?"

Dagmar schluckte. „Deine Eltern machen sich sicher schreckliche Sorgen um dich. Meinst du nicht ..."

„Ach die!" Er fing an zu weinen. „Meiner Mama und meinem Papa ist es doch ganz egal, wenn ich weg bin."

„Das glaube ich aber nicht“, sagte Dagmar.

„Doch! Jetzt, wo nämlich das Schwesterchen da ist, brauchen die mich gar nicht mehr. Heute hat meine Mama mich ausgeschimpft, weil ich das Schwesterchen wach gemacht hab’.“ Er wischte sich übers Gesicht. „Dabei hab’ ich nur Cowboy und Indianer gespielt. Früher hat mein Papa immer mitgespielt. Und jetzt schimpft er auch immer. Und hat gar keine Zeit mehr.“

Dagmar dachte an das Holzschild. „Vermietet Ihr Zimmer?“

Klaus nickte. „Meins kann der Papa jetzt auch weggeben. Ich brauch’s ja nicht mehr. Bitte, bitte, nimm mich mit!“

Dagmar versprach es. Kurz darauf war er eingeschlafen.

Sie sah das Haus schon von weitem. Überall brannte Licht, und sie wußte, daß sie richtig vermutet hatte. Als sie Klaus aus dem Wagen hob, wurde er wach. „Du hast mich belogen! Du hast versprochen ...“

Dagmar zwinkerte ihm zu. „Ich sollte dich dahin bringen, wo ich hin wollte, oder? Und ich brauche dringend ein Zimmer für die Nacht.“

Ein Mann, der aussah wie Klaus im Großformat, öffnete ihr die Tür. Er schaute müde aus.

„Ich bringe Ihren Sohn zurück, Herr ...“

„Peter Fischer. – Susanne!“ rief er ins Haus. „Klaus ist wieder da!“

Eine zierliche dunkelhaarige Frau stürzte zur Tür. Ihr Gesicht war vom Weinen rot und verquollen. Wortlos schloß sie ihren Sohn in die Arme und brachte ihn ins Haus. Klaus’ Vater bat Dagmar ins Wohnzimmer, und sie erzählte ihm, wo sie den Jungen gefunden hatte, und warum er weggelaufen war.

„Der Bub sollte wissen, daß Davonlaufen keine Probleme löst!“ sagte Peter Fischer ärgerlich.

„Klaus ist doch noch ein Kind, Peter“, sagte seine Frau von der Tür. Sie sah Dagmar an. „Danke.“

Dagmar schwieg beschämt. Sie war kein Kind mehr und dennoch davongelaufen. „Ihr Sohn sagte, daß Sie Zimmer vermieten?“ fragte sie leise.

*

Dagmar fuhr herum, als jemand sie an der Schulter berührte. „Liebe Zeit, Matthias!“

Er lächelte. „Ich habe Guten Abend gesagt, aber du scheinst gerade woanders zu sein, oder?“ Er sah den Brief in ihren Händen. „Gute Nachrichten?“

„Klaus lädt uns zu seiner Hochzeit ein“, sagte sie und küßte ihn.

Wochenende

Sag mal, hast du 'nen Frosch verschluckt?" Lachend klopft die rundliche Eva ihrer schweigsamen Kollegin auf die Schulter.

„Laß mich in Ruhe", entgegnet Petra mürrisch.

„Entschuldige, war nicht böse gemeint – tschüß, schönes Wochenende!" Eva hat es plötzlich eilig.

„Pah", sagt Petra und denkt an die zweieinhalb öden Tage, die vor ihr liegen. Ihr Blick geht zum fünften Stock des Bürogebäudes hinauf. Dort haben Eva und sie vor einigen Minuten noch Akten sortiert. In den Fensterreihen spiegelt sich die Sonne. Achselzukkend wendet Petra sich ab und schlendert in Richtung Straßenbahnhaltestelle. Menschen eilen an ihr vorbei, und die vierspurige Citystraße ist hoffnungslos verstopft. Bremsen quietschen, ein wütendes Hupkonzert folgt. Ich habe Zeit, herrlich viel Zeit, sagt Petra zu sich selbst und spürt, wie die Angst sie überfällt, Angst vor der Stille in ihrer Wohnung und dem Anblick der halbleeren Kaffeetasse, die noch vom Morgen auf dem Tisch steht. „Bloß jetzt nicht nach Hause!"

Ein älterer Mann mit einer abgegriffenen Arbeitstasche in der Hand sieht sie fragend an, und sie merkt, daß sie laut gesprochen hat. Sie errötet und ist froh, als die Straßenbahn kommt. Sie fährt bis zur Endhaltestelle mit. An einem Kiosk kauft sie eine Zeitschrift und geht in den nahen Stadtpark. Unter einer Kastanie sitzt ein Liebespärchen im Gras. Unzählige Sonnenhungrige bevölkern die Liegewiese am Ententeiher. Petra geht auf eine Bank zu, die etwas abseits des Weges steht. Eine Gruppe schwatzender Radfahrer kommt ihr entgegen: ein Mann, eine Frau, zwei Kinder, im Schlepptau ein struppiger Hund. Familienleben – hatte sie sich das nicht auch einmal gewünscht?

„Hör endlich auf, dich selbst zu bemitleiden! Du bist nicht die einzige, die mit einem verkorksten Liebesabenteuer fertig werden muß!"

Petra hatte Eva diese Worte übelgenommen; trotzdem muß sie immer wieder daran denken. Inzwischen hat sie die Bank erreicht. Sie setzt sich und blättert lustlos in der Illustrierten. Mode und Rezepte der Saison. Reisetips. Bekanntschaften. Ob sie versuchen sollte, auf diesem Weg ...?

„Mit neununddreißig bist du zu jung, um für den Rest deines Lebens zu versauern.“ Auch das hatte Eva gesagt.

Petra studiert Anzeige um Anzeige. Irgendwie sind alle gleich. Dann stutzt sie.

DUMMER HÄSSLICHER MANN, SCHON 45, SUCHT DRINGEND KLUGE HÜBSCHE FRAU.

Warum eigentlich nicht? denkt sie amüsiert und merkt gar nicht, daß sie zum ersten Mal seit Wochen freitags gute Laune hat.

Sandkörner im Kofferraum

Das kleine Boot vor der Westküste Mallorcas war nicht viel mehr als ein Fleck, der auf dunklem Wasser bedächtig hin- und herschaukelte. Nur das Geräusch der Wellen, die leise gegen die Planken schwappten, durchbrach die nächtliche Stille. Versonnen sah Jens aufs Meer hinaus, in dessen Schwärze der Mond ein glitzerndes Band warf, das sich am Horizont in silberne Sterne aufzulösen schien.

„Ich könnte mir keinen schöneren Urlaubsausklang denken", sagte er zu seiner Frau Ute, die hinter ihm auf dem Bootsdeck saß.

„Vollmond haben wir zu Hause jeden Monat und noch dazu gratis." Ihre Worte zerstörten den Zauber der Nacht wie ein Paukenschlag.

„Es wäre ja auch ein Wunder gewesen, wenn du mal nichts zu meckern gehabt hättest!" Jens' Stimme klang wütend und enttäuscht zugleich. „Das Wasser ist dir zu schmutzig, der Service zu schlecht, die Musik in der Hotelbar stört deine Nachtruhe, und der Vollmond scheint auch über Düsseldorf – vielleicht solltest du deine Ansprüche nicht so hoch schrauben, dann wärst du glücklicher."

„Also bitte!" entrüstete sich Ute. „Wir haben fast das Doppelte bezahlt wie vergangenes Jahr, da werde ich ja wohl ein Mindestmaß an Komfort erwarten dürfen."

„Zwei Wochen raus aus dem Alltagstrott, Sonne und Wärme genießen, nach Herzenslust faulenzen – ist das etwa nichts?"

„Du hast vergessen zu erwähnen, wie angenehm es ist, mit Magenschmerzen und Durchfall in einem stickigen Hotelzimmer zu liegen."

„Ich habe dir oft genug gesagt, daß du die Cola ohne Eiswürfel trinken sollst! Abgesehen davon, bestand unser Urlaub ja nicht nur aus diesem einen Tag."

„... an dem du dich bestens amüsiert hast, wie ich erfuhr", vervollständigte sie bissig.

„Jetzt mach bloß kein Theater, weil ich es ein einziges Mal gewagt habe, allein zum Strand zu gehen."

„Allein? Daß ich nicht lache! Wenn du irgendwo auftauchst, läuft dir doch spätestens in fünf Minuten alles nach, was einen Rock anhat."

„Du immer mit deiner verflixten Eifersucht!"

„Die ja wohl mehr als berechtigt ist! Oder willst du etwa behaupten, daß du mit der kleinen Spanierin nichts hattest?"

„Wie oft soll ich dir noch erklären, daß ich sie in letzter Minute aus dem Wasser fischte, bevor der Hai sie erreichte! Es war reiner Zufall, daß ich mit dem Boot ..."

Ute lachte gekünstelt. „Der gute Fisch muß sich aber tüchtig verschwommen haben. Oder hast du schon mal was von menschenfressenden Haien im Mittelmeer gehört? Ich nicht." Als er schwieg, fuhr sie fort: „Und welche Ausrede hast du für dein Techtelmechtel mit der hübschen Holländerin? War das vielleicht dein Beitrag zur internationalen Völkerverständigung?"

„Ich glaube, es ist am besten, wir fahren zurück", sagte Jens kühl.

Utes Antwort ging im Aufheulen des Außenbordmotors unter. Jens wendete das Boot so hart, daß sie sich festhalten mußte, um nicht hinzufallen.

Zwei Tage später stehen Ute und Jens Meyer mit ihrem Wagen in einem langen Stau auf der Autobahn. Sie unterscheiden sich nicht viel von den anderen Autoinsassen vor, neben und hinter ihnen: braungebrannte Menschen in Sommerkleidung mit gestreßtem Gesichtsausdruck.

Auf dem Rücksitz steht die warm gewordene Kühlbox mit Verpflegung für unterwegs zwischen Mitbringseln, Straßenkarten und der Fototasche mit den Urlaubsdias. Im Kofferraum liegen Taschen mit schmutziger Wäsche, Badezeug, zwei zusammengefaltete Luftmatratzen, an denen noch ein paar Sandkörner vom Urlaubsstrand haften.

Die Sonne knallt aufs Wagendach. Jens stellt den Motor ab und zündet sich nervös eine Zigarette an. Ute schimpft über die dummen Idioten, die alle immer am gleichen Tag aus dem Urlaub zurückkehren. Aber selbstverständlich werden sie nächstes Jahr auch wieder fahren.

Der blaue Anzug

Der Bahnsteig war leer, als der Nachtzug die Halle verließ. Leer, bis auf einen Mann. Er hatte sich eine Zigarette angezündet und starrte den Schlußlichtern des Zuges hinterher, bis sie in der Dunkelheit verschwunden waren. Er warf die angerauchte Zigarette auf die Gleise, nahm seinen Koffer und ging zum Ausgang.

Die flimmernde Neonlichtreklame am gegenüberliegenden Gebäude tauchte den Bahnhofsvorplatz abwechselnd in rotes, grünes und blaues Licht. Aus einer Kneipe drang Musik, die sich mit dem Lärm aufheulender Motoren mischte. Die Straße war naß, aber es hatte aufgehört zu regnen.

Der Mann verzog das Gesicht. Er hatte die Stadt nie gemocht, und doch war er aus freien Stücken hierhergekommen, um einen Neuanfang zu wagen. Aus freien Stücken? höhnte seine innere Stimme. Mach dir nichts vor! Du würdest in deinem gemütlichen Sessel sitzen und fernsehen, wenn, ja, wenn der dumme dunkelblaue Anzug nicht in die Reinigung gemußt hätte.

„Schluß jetzt!" sagte er laut und ging mit festem Schritt über den Platz. Die Entscheidung war getroffen, und er war froh darum.

Eine Viertelstunde später, die Uhr zeigte halb eins, fuhr er in den zehnten Stock des großen Wohnblocks in der Gerbergasse. Im Flur roch es nach abgestandener Luft. Irgendwo schrie ein Kind. Hinter der Tür mit dem Namensschild B. Gröhn war es ruhig. Der Mann stellte den Koffer ab, atmete durch und schellte.

„Zum Donnerwetter noch mal! Welcher Trottel ist das denn?" dröhnte eine Baßstimme.

Der Mann wurde blaß. Er nahm seinen Koffer, doch bevor er verschwinden konnte, wurde die Tür aufgerissen. Vor ihm stand ein etwa fünfundzwanzigjähriger Mann, der nur mit Unterhosen bekleidet war. „Sagen Sie mal, sind Sie übergeschnappt?"

Hinter dem Mann tauchte eine junge Frau mit zerzausten roten Haaren auf. Ihr Bademantel verdeckte nur notdürftig ein veilchenblaues Negligé.

„Herbert!" rief sie entsetzt. „Was tust du hier mitten in der Nacht?"

„Ich muß mit dir sprechen“, sagte Herbert. „Bitte, Beate. Es ist wichtig.“

Die Verzweiflung in seiner Stimme ließ sie einwilligen. „Guido, würdest du uns kurz allein lassen?“ wandte sie sich an den Mann neben sich.

„Würdest du vielleicht die Güte haben, mir zu sagen, welches Stück hier gerade gespielt wird?“ entgegnete Guido barsch.

Beate strich sich nervös das Haar aus dem Gesicht. „Ich erkläre es dir nachher.“

Guidos Blick klebte an Herberts Koffer. „Als wenn es da noch was zu erklären gäbe!“ Er lachte höhnisch. „Wolltest wohl mal einen reiferen Jahrgang ausprobieren, was?“

„Schatz, bitte ... Wir reden morgen.“

„Es gibt kein Morgen – *Schatz!*“ Abrupt drehte er sich um und verschwand im Flur. Beate folgte ihm. Herbert hörte, wie sie sich stritten. Keine zwei Minuten später verließ Guido, inzwischen vollständig bekleidet, die Wohnung. Beate versuchte, ihn zurückzuhalten, aber er stieß sie beiseite.

„Eine schöne Nacht, der Herr! Das Bett ist bereits angewärmt“, sagte er zu Herbert, der immer noch vor der Tür stand, und ging zum Aufzug.

„Du hast dir wirklich einen tollen Zeitpunkt ausgesucht“, sagte Beate.

„Es tut mir leid.“

„Rede nicht rum, sondern komm endlich rein!“ Beate zeigte auf den Koffer. „Deinen Krempel kannst du vorerst im Flur lassen. Ich gehe schon mal ins Wohnzimmer. Auf den Schreck muß ich mir einen genehmigen. Du auch?“ setzte sie hinzu.

Herbert nickte. Beate verschwand durch eine Glastür. Als Herbert seinen Koffer abstellte, fiel sein Blick in den Spiegel neben der Garderobe. Er erschrak über sein blasses müdes Gesicht, und die Falten auf der Stirn und in den Mundwinkeln – waren die schon immer da gewesen? Wo war die Vitalität geblieben, die unbändige Lust aufs Leben, die er gefühlt hatte, als er Beate kennenlernte? Du bist ein alter Mann! sagte die Stimme, die ihn quälte, seit er in den Zug gestiegen war. Wie töricht zu glauben, daß eine Beziehung zu einer Frau, die gerade halb so alt war wie er, je mehr sein könnte als eine simple Kurliebschaft.

„Es tut mir leid“, murmelte er.

„Herbert!“ rief Beate. „Führ keine Selbstgespräche, sondern komm ins Wohnzimmer, wenn du mit mir reden willst. Herbert! – Herbert?“

Die Sonne ging auf, als der Frühzug die Halle verließ. Der Zug war leer, bis auf einen Mann. Er hatte sich eine Zigarette angezündet und starrte auf die Papierfetzen, die vor ihm auf dem Boden lagen. Das Kurhotel im Hintergrund, gepflegter Rasen, Rosenrabatten, die weiße Bank. Er und Beate lachend Arm in Arm: Das Foto, das seine Frau gefunden hatte, als sie den dunkelblauen Anzug in die Reinigung bringen wollte.

Offener Brief an Dich

Als ich Dich kennenlernte, war ich achtzehn, und Du warst achtunddreißig Jahre alt. Du sahst gut aus, hieltest mit Deiner Meinung nicht hinter dem Berg und verfügtest über jene Mischung aus Charme und frecher Klappe, die bei Frauen ankommt. Ich war still, schüchtern, und ich beneidete Dich um Deine Offenheit, mit der Du auf andere zugingst. Ich war ein Anfänger in meinem Beruf und trotz meiner Volljährigkeit auch im Leben, wie es nun mal vorkommt bei Mädchen, die allzu behütet aufwachsen.

Bald warst Du mehr als mein Ausbilder, wurdest Vorbild, Vater, Freund. Ich bewunderte, verehrte – liebte Dich. Mit verstohlenen Blicken, in meinen Träumen, in Tagebucheintragungen voller Sehnsucht und schlechtem Gewissen.

Irgendwann hast Du mich geküßt und gesagt, daß Du mich auch liebst. Ich wurde rot, freute mich und weinte. Aber egal, wie alt man ist: Gegen die erste Liebe ist niemand gefeit, und erst recht nicht gegen die Überzeugung, daß sie einmalig und unvergänglich sei. Trotzdem redete ich mir ein, mein Gefühl für Dich sei platonisch, ein harmloser Kuß hier und da, eine zufällige Berührung, die Gedanken sind frei.

Dann kam Dein erster Brief. Viele sollten folgen. Voller Zärtlichkeit und Leidenschaft. Heimlich stecktest Du sie mir zu, und ich hatte jedesmal Kribbeln im Bauch, wenn ich auf der Toilette saß und las und einen Kloß im Hals, weil ich die geliebten Zeilen zerreißen, wegspülen mußte.

Worte, die andere zehn-, ja hundertmal lesen, mit rosa Schleifen versehen, in Kästchen sammeln – unsere waren nur Momentaufnahmen. Du wolltest es so, und ich verstand. Ich verstand ja alles.

Wenn Du nicht da warst, und Du warst oft nicht da, habe ich mich mit Dir unterhalten, ich bezog Dich in mein Leben ein, Du wurdest ein Teil von mir. Wie eine Süchtige gierte ich nach dem Klang Deiner Stimme, Deiner Nähe.

Mein Weg zum Glück hieß warten. Also wartete ich, führte ein Leben wie an einer Haltestelle, an der Du nach Belieben den Fahrplan ändertest. Dein Gesicht, Dein Körper – ich habe Dich in Gedanken liebkost, wenn ich abends allein in meiner kleinen Wohnung saß. Deinetwegen war ich von zu Hause ausgezogen, wohnte in einem dieser Betonkästen, in denen es keine Nachbarn, sondern bloß Mitbewohner gibt, deren Namen bestenfalls als Kürzel an der Tür stehen. Deinetwegen hatte ich Streit mit meinen Eltern und Freunden. Zwanzig Stunden Einsamkeit für zwanzig Minuten Glückseligkeit.

Nur zu gern glaubte ich Deinen Beteuerungen, daß Du mich mehr als alles auf der Welt liebst, daß Du Deine Kinder nicht im Stich lassen kannst, daß Du Verantwortung für Deine Familie trägst.

„Gib mir ein wenig Zeit", batest Du, und Deine streichelnden Hände wischten beiseite, was zwischen uns stand: Deine Frau. Ich habe sie bedauert, verwünscht, gehaßt! Und mich entsetzlich dafür geschämt.

„Wir werden einen Weg finden", sagtest Du. „Vertraue mir."

Ich vertraute und litt. Ein Jahr, ein zweites. Dann beschloß ich zu tun, wozu Du nicht fähig warst.

Weißt Du noch? Du hast mir die Tür aufgemacht. Wenn ich nicht so nervös gewesen wäre, hätte ich lachen mögen über Dein Gesicht. Ich nahm meinen Mut zusammen und verlangte, Deine Frau zu sprechen. Wütend bist Du geworden, aber Du konntest nicht schreien, weil sie Dich hätte hören können, die Frau, die Du nicht mehr liebtest. Plötzlich stand sie in der Tür. Blaß und gefaßt hat sie mich hereingebeten.

Die Uhr sagte mir später, daß ich keine halbe Stunde in Deinem (Eurem!) Wohnzimmer verbracht habe. Mir kam es vor wie die Ewigkeit. Ich erinnere mich an die gerahmten Fotografien über dem Kamin, eine Braut in Weiß, fröhliches Kleinkinderlachen, ein stolzer Papa.

Die Braut war in die Jahre gekommen, aber immer noch attraktiv, und der Papa stammelte wie ein getadelter Schuljunge, daß diese Affäre (Affäre!) von mir völlig überbewertet werde. Die Welt stürzte ein, und Du saßt auf Eurem lindgrünen Plüschsofa und hieltest *ihre* Hand. Unfähig, etwas zu tun oder zu sagen, verließ ich Dich – Euch.

Am nächsten Tag standest Du vor meiner Tür, verlegen, mit Tränen in den Augen. Wie leid Dir alles tue, aber ich habe Dir ja keine Wahl gelassen. Dein Jüngster brauche Dich, aber bald sei auch er alt genug, zu verstehen. Deine Hände berührten mein Gesicht, aber Du berührtest mich nicht mehr. Die Schmetterlinge waren fort. Zumindest glaubte ich das.

Du hast lange versucht, mich zurückzugewinnen, und vielleicht gibt es Dir im nachhinein Genugtuung, daß Du nah am Ziel warst. Es war eine Lüge, daß ich Dich nicht wiedersehen wollte, doch für mich der einzige Weg, auch wenn er mit Verzweiflung gepflastert war.

Wie leicht es klingt, wenn ich das jetzt schreibe, wie vernünftig und emotionslos. Eine Liebe endet nicht mit Traurigkeit und auch nicht im Haß, sagte damals ein guter Freund zu mir. Eine Liebe ist zu Ende, wenn der andere einem gleichgültig geworden ist.

Als Du mich gestern anriefst und von Deiner Scheidung erzähltest, wußte ich, daß er recht gehabt hat.

Alles Gute Deine –

Nur ein Prosit

Natürlich war es auch in einer Stadt wie München nicht auszuschließen, daß man unversehens alte Bekannte traf, vor allem, wenn man wie Brigitte Breuer beschlossen hatte, zum Silvesterball der Universität zu gehen. Aber warum mußte es ausgerechnet Dieter Ellerkamp sein, der ihr als erster über den Weg lief?

„Mensch, Gitte! So ein Zufall!" begrüßte er sie überschwenglich.

„Hallo Dieter", sagte sie reserviert.

„Ich hoffe, du hast ein paar Minuten Zeit, mit einem alten Schulfreund zu plaudern? Oder hast du einen Mann und vier Kinder mitgebracht, um die du dich kümmern mußt?"

Sein Lächeln war genauso charmant wie damals und genauso unverschämt. Erfinde eine Ausrede und verschwinde, Brigitte Breuer, ehe es zu spät ist. Im gleichen Moment hörte sie sich sagen: „Ich bin solo."

„Na prima – ich auch. Also können wir das neue Jahr zusammen begießen!" Brigitte wollte etwas erwidern, aber er schüttelte den Kopf. „Wir sollten uns erst mal ein gemütliches Plätzchen sichern, oder?"

Sie gingen durch das zu einem Festsaal umfunktionierte Foyer in einen Nebenraum, der als Sektbar und Weinschänke diente. In einer Nische war tatsächlich noch ein Tisch frei. Dieter half Brigitte aus ihrem Mantel und bestellte eine Flasche Côte du Rhone. „Du siehst toll aus!" sagte er mit bewunderndem Blick auf ihr rotes Kleid.

„Du bist noch der gleiche Süßholzraspler wie früher", entgegnete Brigitte, und sie wußte nicht, ob sie darüber lachen oder sich ärgern sollte.

„Was ist Schlimmes daran, wenn ich einer schönen Frau ein Kompliment mache?" fragte Dieter und strich wie beiläufig über ihre Hand.

Brigitte zog sie weg. Nervös fuhren ihre Fingerspitzen über das Weinglas. „Was machst du beruflich?" fragte sie, um die peinliche Pause zu beenden.

„Ich arbeite im Management der Ellerkamp AG. Mein Vater will unbedingt, daß ich den Laden übernehme, aber der Job gefällt mir nicht sonderlich." Er grinste. „Na ja, wenn's mir zu viel stinkt, versuche ich es vielleicht doch noch mal mit einem Studium."

„Ja, dann ..." Brigitte musterte ihn verstohlen: das helle, immer ein bißchen zerzaust aussehende Haar, die widerspenstige Locke, die ihm wie früher in die Stirn fiel, die unbekümmerten blauen Augen, das Lächeln, dem niemand widerstehen konnte. Plötzlich schien es ihr, als sei es gestern gewesen, als er im Sportwagen zur Abiturprüfung kam, ein Geschenk vorab, dafür, daß er es überhaupt so weit geschafft hatte. Die Mädchen waren ihm in Scharen nachgelaufen.

„Und du?" unterbrach Dieter ihre Gedanken. „Bist du Biologin geworden?"

„Ja."

Er lachte. „Ich weiß noch genau, wie du davon geschwärmt hast. Unser Klassenprimus Gitte Breuer: nichts als Gliedertierchen und Amöben im Kopf!"

„Du brauchtest ja nichts zu lernen. Du hattest andere Qualitäten", sagte Brigitte, und sie konnte nicht verhindern, daß ihre Stimme bitter klang.

„Inzwischen hast du auch andere Qualitäten." Er strahlte sie an, als ob nie etwas zwischen ihnen gestanden hätte. „Hast du Lust zu tanzen?"

Sie nickte, froh, das Gespräch nicht fortsetzen zu müssen.

Sie kehrten ins Foyer zurück. Es herrschte drangvolle Enge. Eine Band spielte Songs aus den Dreißigern, und Brigitte vergaß ihre trüben Gedanken. Kurz vor Mitternacht verließen sie die Tanzfläche. Dieter besorgte eine Flasche Sekt und zwei Gläser. „Laß uns auf das neue Jahr anstoßen!"

„Laß uns lieber das alte ersäufen."

Lachend gingen sie nach draußen. Jemand hatte Bistrotische aufgestellt, um die sich plaudernde Grüppchen drängten. Brigitte hielt die Gläser in der Hand, während Dieter versuchte, die Flasche zu entkorken. „Verflixt, ich bekomme das Ding nicht auf!"

Im gleichen Moment flog der Korken davon; Sekt spritzte auf Brigittes Kleid. Sie hielt Dieter die Gläser hin. Er füllte sie bis zum Rand. „Weißt du eigentlich, daß ich dich immer noch ..."

„Bitte nicht", sagte sie, und ihre Heiterkeit war wie weggeblasen.

„Bist du noch böse wegen damals?“ fragte er kleinlaut.

Sie sah ihn an. „Für dich war es ein unbedeutender One-Night-Stand, aber ich habe an die große Liebe geglaubt – bis ich dich mit meiner besten Freundin zusammen sah. Glaubst du, das könnte ich je vergessen?“

„Aber Gitte! Das ...“

Die Menschen jubelten, fielen sich lachend um den Hals, als das Feuerwerk begann. Brigitte hob ihr Glas. „Du wirst dich niemals ändern. Und ich möchte nicht den gleichen Fehler zweimal machen – Prosit Neujahr, Dieter!“

Er wollte etwas sagen, aber sie schüttelte den Kopf, stieß mit ihm an und trank ihr Glas in einem Zuge leer. Lächelnd drückte sie es ihm in die Hand, ging an den fröhlich feiernden Menschen vorbei in die Dunkelheit. Und niemand sah die Tränen, die ihr übers Gesicht liefen.

Die Versöhnung

Eigentlich war Andrea nur deshalb zur Wohnung ihrer zukünftigen Schwiegermutter zurückgekehrt, weil sie ihre Handtasche vergessen hatte. Sie fand die Tür angelehnt und wurde Zeugin eines nicht für sie bestimmten Gesprächs.

„Andrea Wissmann – ausgerechnet mit dieser Person mußtest du dich verloben, und das auch noch heimlich!" hörte sie die vorwurfsvolle Stimme von Wolfgangs Mutter im Wohnzimmer.

„Was hast du bloß gegen sie?" wandte Wolfgang ein.

„Sie ist ein arrogantes verzogenes Gör, das nicht mehr kann, als den ganzen Tag Klecksbilder zu fabrizieren! Na ja, was anderes hat sie ja auch nicht nötig. Schließlich ist ihr Vater der reichste Mann im Dorf."

„Du kannst doch nicht ..."

„Was denn? Die Wahrheit sagen? Früher hat sie den kleinen Schlosserlehrling Brenner mit keinem Blick gewürdigt, aber als Meister bist du ihr heute gut genug."

„Mutter, hör auf!" Wolfgangs Stimme klang gereizt, aber Andrea glaubte, auch ein wenig Unsicherheit darin zu erkennen. Das tat ihr mehr weh als alles andere.

„Deine Andrea hat den schlechtesten Ruf weit und breit!"

„Meine Güte! Du weißt so gut wie ich, daß sie noch ein Kind war, als ihre Mutter starb. Glaubst du, ihr Vater hätte ihr diesen Verlust ersetzen können? Er ist ein guter Chef, aber von der Erziehung eines Mädchens versteht er nicht viel, sonst hätte er ihr bestimmt nicht erlaubt, ohne Abschluß von der Schule zu gehen, um Mannequin zu werden."

„Sie wäre auch gegen seinen Willen gegangen. Sie glaubte ja, unwiderstehlich zu sein mit ihrer roten Mähne und dem angemalten Gesicht. Es geschah ihr nur recht, daß sie auf die Nase fiel!"

Andrea zitterte am ganzen Körper. Am liebsten wäre sie auf der Stelle ins Zimmer gestürzt. Aber ihre Neugier siegte über ihre Empörung.

„Hast du etwa schon vergessen, wie sie sich blamierte, als sie vor drei Jahren aus München zurückkam und behauptete, sie sei Schauspielerin?" fuhr ihre Schwiegermutter in spe fort. „Dabei hatte sie bloß eine lächerliche Statistenrolle in dieser unsäglichen Seifenoper."

„Aber ...", setzte Wolfgang an.

„Oder ihre überstürzte Ehe mit diesem Verrückten, der angeblich auch Schauspieler war – vermutlich ein ebensoguter wie sie! Nach vier Monaten hatte sie die Nase voll und lief davon. Und so eine willst du heiraten?"

Ehe Wolfgang antworten konnte, ging Andrea hinein. Die überraschten Mienen der beiden ignorierend, nahm sie ihre Tasche vom Tisch. Wolfgang wollte etwas sagen, aber sie winkte ab. Sie sah seine Mutter an. „Sie kommen nicht auf die Idee, daß ein Mensch sich ändern könnte, was?"

Als sie und Wolfgang zwei Monate später heirateten, gratulierte seine Mutter nicht einmal.

*

Andrea spült den Pinsel sorgfältig im Wasser aus und tritt zwei Schritte von der Staffelei zurück. Gar nicht übel, findet sie. Sie packt die Malutensilien zusammen, geht ins Kinderzimmer und schaut ihren Sohn an, der still in seinem Bettchen schläft.

„Dir zuliebe werde ich heute eine alte Feindschaft begraben", flüstert sie. Sanft streicht sie über die rosigen Wangen. Irgendwann würde dieses hilflose Wesen stark und erwachsen sein.

Andrea lächelt. Eigentlich ist es nicht schwer zu verstehen, was es für eine Mutter bedeutet, wenn ein Kind aus ihrem Leben fortgeht.

Dem Kind ein Vater

Und so wird er uns allen in Erinnerung bleiben als ein guter Mensch und Ehemann, der ..."

Ich mag nicht hinhören. Woher weiß der Pfarrer, daß mein Vater – eigentlich Stiefvater, aber ich nannte ihn nie so – ein guter Mensch war? Wird man das automatisch, wenn man stirbt? Woher nimmt der Pfarrer sein Wissen, der diesen guten Menschen doch gar nicht richtig kannte, denn ein treues Schäfchen der Christengemeinde war Vater nicht. Und dieses Zeremoniell wäre ganz bestimmt nicht nach seinem Geschmack: viel zu viele Leute; fast das ganze Dorf nimmt Anteil an dem aufregend-schaurigen Ereignis, daß meiner Mutter schon zum zweiten Mal der Mann heimgeholt wird.

„... schwere Krankheit ... bis zuletzt tapfer ertragen."

Ich nehme nur Bruchstücke von dem auf, was der Pfarrer sagt. War Vater tapfer? Ich glaube, ja. Kein einziges Mal hat er sich über seine Krankheit beklagt, hat nie gejammert, daß er bald sterben müsse. Vor zwei Jahren erfuhr er, daß er Krebs hat. Er reagierte fast unnatürlich gelassen auf das, was ihn doch hätte erschüttern müssen, sprach offen über die äußeren Anzeichen seiner Krankheit, aber nie über das, was sie in seiner Seele auslöste. Als habe er Angst, etwas Ungehöriges zu tun, als schäme er sich, schwach zu sein. Männer weinen nicht.

Als ihm das Laufen schwerer fiel, nahm er einen Stock zu Hilfe, gegen die Schmerzen schluckte er Tabletten. Irgendwann konnte er nicht mehr in die Fabrik. Das war das Schlimmste. Der Rentenantrag lief, und Vater, der sein Leben lang gearbeitet hatte, saß von früh bis spät untätig herum, rauchte, sah fern – und trank: Bier, Wein, Schnaps, alles, was er kriegen konnte. Er wurde träge, fand keine Kraft, aufzustehen. Mutter mußte ihn stützen. Er war ein schwieriger Patient, unbeugsam, unbelehrbar. Er haßte es, auf die Hilfe anderer angewiesen zu sein. Mutter bekam es zu spüren. Aber auch sie beschwerte sich nicht. Sie weinte nur ab und zu, wenn sie glaubte, wir sähen es nicht. Sie tat alles für ihn, aber er dankte es nicht. Warum? Ich finde die Antwort nicht, wie auf so vieles andere in dieser Ehe, die in den Augen des Pfarrers eine gute war. Beerdigungspredigten sind eine Qual, für die gemacht, die in der Kirche weiter hinten sitzen. Ich sehe Mutter an. Tränen rinnen ihr übers Gesicht. An was mag sie denken? Daß sie schon einmal ganz in Schwarz auf der ersten Bank saß, als sie gerade halb so alt war und noch Illusionen hatte: von Liebe, Glück und der Ehe als Bund fürs Leben?

Mit achtzehn hatte sie Hans geheiratet, und sie muß sehr glücklich gewesen sein mit ihm, den ich nicht kenne und der mein Vater war, mein leiblicher Vater. Wenn wir allein waren, sprach sie oft von ihm.

„Hans war ein lustiger Kerl. Überall, wo er hinkam, hatte er gleich Freunde. Im ganzen Dorf war er beliebt, alle Mädchen liefen ihm nach." Es war nicht schwer, den Stolz in ihrer Stimme zu hören, daß er sich für sie entschieden hatte.

Sie holte ihr Fotoalbum, zeigte mir vergilbte Bilder in Schwarzweiß mit Zackenrand: Unbekannte lachende Gesichter, ein großer, schlanker Mann mit dunklen Haaren und einer Nelke im Knopfloch, eine sehr junge, sehr hübsche Braut in Weiß, die glückwünschende Hände schüttelte und nicht ahnte, daß dieses Glück keine zwei Jahre dauern würde.

„Es war der furchtbarste Tag in meinem Leben", sagte sie, als ich alt genug war, zu verstehen. „Ein Sonntagmorgen. Hans fuhr zum Fußballspielen. Fußball war sein Ein und Alles. Er kam nicht wieder. Verkehrsunfall, sagten die Polizisten, sprachen von Frontalzusammenstoß und tödlichen Verletzungen. Ich bestand darauf, ihn zu sehen.

Das Zimmer im Krankenhaus war leer. Man hatte ihn in einen Abstellraum geschoben. Es roch nach Desinfektionsmitteln. Blaß sah er aus. Ich berührte sein Gesicht, sein Haar, konnte das Unfaßbare nicht begreifen: Warum war der Körper kalt und tot und das Haar so warm und weich wie am Morgen, als er ging? Ich arbeitete, um zu vergessen, als Näherin im Akkord, zehn Stunden am Tag, sechs Tage in der Woche, steppte ich Hosenbünde, nahm zusätzlich Heimarbeit an. Mir ging es nicht gut. Oft war mir übel, aber es scherte mich nicht. Bis eine Arbeitskollegin sagte, daß ich schwanger sei. Ich stritt es ab, wehrte mich gegen den Gedanken, ein Kind zu bekommen, das seinen Vater niemals kennenlernen würde, wehrte mich noch schreiend im Kreißsaal, bis du klein und hilflos neben mir lagst. Ein Vierteljahr nach deiner Geburt zog ich in das Haus, in dem wir jetzt wohnen. Rudolf hat es gebaut. Kurz nach mir zog auch er ein, und wir verlobten uns, weil es nicht schicklich war, daß ein Mann und eine Frau einfach so unter einem Dach lebten."

Ob sie ihn geliebt habe, wollte ich wissen.

„Ich hatte ihn gern. Aber das Wichtigste war, daß er dich akzeptierte. Du brauchtest doch einen Vater."

Der Pfarrer redet immer noch. Mutter sinkt in sich zusammen. Ich nehme ihre Hand; schmal und kraftlos liegt sie in der meinen. Links von mir sitzt mein Bruder Sebastian, eigentlich: Stiefbruder, aber diese Silbe wurde bei uns nie in den Mund genommen. Wir sind Bruder und Schwester, und der, der heute zu Grabe getragen wird, war unser Vater.

Und Hans, der schon seit zwanzig Jahren auf dem Friedhof liegt, den ich nur als jungen Mann auf vergilbten Fotografien und als Namen auf einem Grabstein kenne? Irgendwie hat Mutter es fertiggebracht, daß ich beide Vater nennen kann, ohne daß sie sich ins Gehege kommen.

„... den der Herr so früh schon zu sich geholt hat."

Vierundfünfzig Jahre ist kein Alter zum Sterben, vor allem nicht, wenn man nie richtig gelebt hat. Vaters Dasein bestand nur aus Arbeit, tagsüber in der Fabrik, abends am Bau bei Bekannten und Nachbarn, Steineschleppen, Betonmischen, Verputzen. Arbeit als Lebenssinn: Was er schuf, war für die Ewigkeit.

Ich kenne keinen Menschen, der so konservativ ist wie es Vater war. Er lebte in seiner kleinen, auf Heim, Hof und Fabrik beschränkten Welt, ständig in Angst, sie könne aus den Fugen geraten. Er war das Gegenteil von Hans: verschlossen, Geselligkeiten abgeneigt, mißtrauisch gegen jeden. Urlaub? Geldverschwendung. Aber das Haus war bezahlt.

„... und war dem Kind aus erster Ehe seiner Frau stets ein guter Vater."

Ich erinnere mich an warme Frühlingstage, als er mit uns spazieren ging, Osterfeste, an denen er und Mutter Nester mit bunten Eiern zwischen Narzissen und Krokussen versteckten und an den Spaß, den Sebastian und ich dabei hatten, mit den Eltern Eierwerfen zu spielen. Ich denke an Sommertage, an denen Vater das

Planschbecken füllte und uns half, das Zelt im Garten aufzubauen, an Stoppelfelder, über denen der Herbstwind unsere Drachen schüttelte, und wie schön es im Winter war, dick eingepackt in Mutters Wollpullover vor ihm auf dem Schlitten zu sitzen.

Ich kann mich nicht daran erinnern, wann er aufhörte, sich mit Sebastian und mir zu beschäftigen, aber über Probleme haben wir nie mit ihm, sondern immer mit Mutter gesprochen. Sie wurde ein Puffer zwischen ihm und uns, brachte in Ordnung, was er nicht erfahren durfte und schaffte es so, den Familienfrieden einigermaßen zu bewahren.

„Er kann mit Kindern umgehen, solange sie zu klein sind, eine eigene Meinung zu haben“, sagte sie zu mir.

Vielleicht hatte er uns gern. Aber er zeigte es nicht. Er zeigte niemals Gefühle, ausgenommen Haß, dessen Ursprung ich nicht verstand und der umso stärker wurde, je mehr er trank. Einmal hat er Mutter geschlagen. Ich weinte, schrie, er solle aufhören. Am nächsten Tag tat es ihm leid, aber sein Stolz ließ keine Entschuldigung zu. Die Verzeihende, Nachgebende, war immer Mutter.

Der Pfarrer hat seine Predigt beendet. Langsam geht er an unserer Bank vorbei, bedeutet uns, zu folgen. Die Leute stehen auf, sehen uns mitleidig an. Ich kann die Blicke nicht ertragen, senke den Kopf. Ob sie nie daran gedacht habe, ihn zu verlassen, fragte ich Mutter ein anderes Mal.

„Ja, schon. Aber wohin hätte ich denn gehen sollen mit zwei kleinen Kindern? Und die Leute im Dorf – was die wohl gesagt hätten?“

„Was bei uns zu Hause geschieht, geht niemanden etwas an!“ hatte Mutter uns eingebleut. Wir sahen es ein und schwiegen. Und so führten meine Mutter und mein Vater bis zuletzt eine gute Ehe – wie so viele andere auch, die nicht darüber reden.

Anne und Viktoria

Nicht weit vom Eingang des großen Kaufhauses entfernt sitzt ein Stadtstreicher auf dem Pflaster; das Gesicht stoppelbärtig, der Anzug schmutzig und verschlissen. Aus rotgeäderten Augen schaut er den Menschen hinterher, die an seinem umgestülpten Hut vorübergehen. Mit zittrigen Händen greift er nach der halbvollen Rotweinflasche neben sich und trinkt einen Schluck. Plötzlich stutzt er. Eine Frau ist vor einem der Schaufenster stehengeblieben. Wohlgefällig betrachtet sie sich im spiegelnden Glas. Kein Zweifel: Es ist Viktoria.

Fünfzehn Jahre hat er sie nicht mehr gesehen, aber die Zeit hatte ihr nichts anhaben können. Sie erkennt ihn nicht, geht achtlos vorbei wie all die anderen, streift den Hut mit einem verächtlichen Blick. Er hört ihre Absätze auf dem Bordstein klacken, bis sie zwischen anderen Passanten verschwunden ist. Zurück bleibt ein kaum wahrnehmbarer Hauch ihres Parfums – und die Erinnerung an eine Zeit, die längst vergessen schien. Anne und Viktoria: Sie waren untrennbar miteinander verbunden, hatten sein Leben bestimmt, im Guten wie im Bösen.

Anne hatte er vor Viktoria kennengelernt. Der Gedanke an sie zaubert ein Lächeln in sein verlebtes Gesicht. Hals über Kopf hatte er sich in dieses unbekümmerte Mädchen verliebt, das sich in seinem Büro als Sekretärin beworben hatte. Er fragte sie, warum sie ausgerechnet diesen Beruf ausüben wolle. Seiner Meinung nach gehörte sie in eine Gärtnerei oder in ein Krankenhaus, pflegen, helfen, gestalten, hätte besser zu ihr gepaßt als Schreibmaschinengeklapper. Er stellte sie ein, obwohl andere Bewerberinnen mit besseren Zeugnissen gekommen waren. Sie faszinierte ihn, weil sie ein Mensch aus einer fremden Welt war, einer Welt, die er im täglichen Termindruck längst verloren hatte.

Nach drei Monaten waren sie ein Paar, ein halbes Jahr später heirateten sie, und liebevoll arrangierte Blumen, die behaglich eingerichtete Wohnung und ihr wunderbares Lächeln zeigten ihm jeden Tag, daß er richtig gewählt hatte. Er liebte Anne wie er niemals einen Menschen vorher geliebt hatte, und eigentlich gefiel ihm alles an ihr. Bis auf ihre Garderobe. Er fand sie ein bißchen bieder. Außerdem ärgerte er sich, daß seine Frau bei Empfängen und geschäftlichen Einladungen verlegen herumsaß und einen roten Kopf bekam, wenn wichtige Leute mit ihr redeten.

Das war zu der Zeit, als er Generaldirektor werden sollte. Da kam es auf Kleinigkeiten an, Kontakte mußten geknüpft und gepflegt werden, auch das Privatleben wurde nicht ausgespart. Er versuchte, Anne klarzumachen, wie wichtig es sei, zu repräsentieren, sich ihrer Stellung an seiner Seite bewußt zu sein. Es dauerte lange, bis sie begriff. Und dann brach das Unheil herein. Nicht für ihn, er war Direktor geworden. Aber er lernte Viktoria kennen.

Sie war das Gegenteil von Anne: gebildet, vornehm, und repräsentieren konnte sie vorzüglich. Dafür kümmerte sie sich nicht um seine seelischen Befindlichkeiten, und Blumen nannte sie überflüssigen Tand. Sie arbeitete hart und schaffte es, ganz ohne seine Hilfe, von der Sekretärin bis in die Vorstandsetage. Er hätte stolz auf sie sein können, und anfangs war er es auch.

Er brauchte keine Angst mehr zu haben, daß seine Frau beim Small talk zu stottern anfing wie ein Schulmädchen. Viktoria wikkelte jeden um den kleinen Finger. Alle beneideten ihn um diese wunderbare Frau, und keiner fragte je, was aus ihrer Vorgängerin geworden war.

Manchmal war er drauf und dran, es in die Welt zu schreien, daß er Anne getötet hatte, aber weil er wußte, daß sie ihn auslachen würden, schwieg er.

Irgendwann erkannte Viktoria, daß sie ohne ihn viel besser zurechtkam, daß er für ihre Karriere ein Hemmschuh war. Zu dieser Zeit stritten sie viel, und sie warf ihm vor, sentimental zu sein und in Selbstmitleid zu versinken. Wollte er sich rechtfertigen, schnitt sie ihm das Wort ab. „Du wolltest mich so! Also beschwere dich nicht."

Er sah es ein. Er wollte sie so: schön und begehrenswert. Souverän in allen Lebenslagen. Er war schuld. Und Anne war tot.

„Viktoria klingt besser als Anne, findest du nicht?" hatte er lächelnd gesagt. „Viktoria strahlt Eleganz und Klasse aus."

„Ja", hatte Anne geantwortet und ihn traurig angeschaut.

Fortan spielte Viktoria die Hauptrolle in seinem Leben. Er bewunderte sie und konnte doch Anne nicht vergessen. Erst als es zu spät war, begriff er, daß er nicht beide haben konnte.

Annes Liebe hatte ihm Geborgenheit geschenkt, Victorias fraß ihn auf: Er verglühte in dem Feuer, das er entzündet hatte. Bald genügte es, Anne bloß zu erwähnen, um Viktoria wütend zu machen. Anne sei hausbacken gewesen, spießig und langweilig. Was sollte er darauf sagen? Es waren seine Worte.

Eines Tages wurde ein Neuer eingestellt, der jünger und tüchtiger war als er. Er bekam seinen Posten, und er bekam Viktoria, denn Viktoria liebte die Macht und das Geld.

Er beschwerte sich nicht, denn er hatte es sie gelehrt. Viktoria reichte die Scheidung ein, und er sank in das selige Vergessen allabendlicher Nebel aus Wein und Schnaps, aus denen er erst am folgenden Morgen mit bleischwerem Kopf wieder auftauchte. Die Sehnsucht nach Anne tat weh, aber noch mehr schmerzte es, daß er die Schuld an ihrem Tod trug. Er wollte eine perfekte Frau und hatte vergessen, daß er selbst nicht perfekt war.

„Sie können am Montag anfangen, Anne-Viktoria. – Ich liebe dich, Anne-Viktoria." Nur zwei Mal hatte er die Namen zusammen ausgesprochen, die zu einem Menschen gehörten. Anne hatte er getötet, Viktoria hatte er geboren. Am Ende fürchtete er sich vor seinem Geschöpf.

Es kennt ihn niemand mehr in der Stadt, und es ist ihm auch egal. Jeden Tag sitzt er vor dem Kaufhaus, den alten Hut vor sich, in dem immer ein paar kupferne Münzen liegen, um das Mitleid wachzurufen. Das Mitleid für einen Menschen, der das Liebste in seinem Leben weggeworfen hat, und nicht begreift, warum es nicht mehr da ist.

Die alte Linde

Die Linde im Stadtpark war Elfriedes Lieblingsplatz. Sie konnte sich nichts Schöneres vorstellen, als auf der verwitterten Bank darunter zu sitzen und an die Vergangenheit zu denken. Im Schatten des alten Baums kehrten die Jahre ihres bewegten Lebens zurück und vertrieben für ein paar Stunden die Einsamkeit.

Hier hatte sie ihre erste große Mutprobe bestanden! An ihrem sechsten Geburtstag war sie mit dem Nachbarsjungen August bis in den dichtbelaubten Wipfel der Linde geklettert. Wie stolz sie gewesen war! Bis heute hörte sie Augusts Lachen, als sie beim Abstieg kopfüber ins Gras purzelte. Jahre später, an einem warmen Juniabend, saßen sie Hand in Hand unter dem Baum und atmeten die Süße seiner Blüten.

„Ich liebe dich", sagte August leise, und seine Stimme hatte die kindliche Unbefangenheit verloren. An Elfriedes achtzehntem Geburtstag heirateten sie, und zur Ehre des Tages ritzte August ein Herz in die Rinde des Stammes. Man konnte es noch sehen, als im Jahr darauf Maria zur Welt kam, aber dann verwuchs es nach und nach, eingebunden in das Leben des Baumes, unter dem die jungen Eltern mit ihren Kindern spielten und lachten – bis der Krieg ihre Welt in Trümmer legte. Wie ein Schutzwall stand die Linde inmitten der Zerstörung, und als das Sterben endlich sein Ende fand, betete Elfriede unter dem frühlingsgrünen Blätterdach für die Rückkehr ihres Mannes. Er kam heim, aber nur für wenige Jahre.

Seitdem ging sie jeden Tag zum Friedhof und von dort in den Park, und die knospenden Blätter im Frühjahr, die duftenden Blüten im Sommer und das fallende Laub im Herbst erinnerten sie daran, daß die Zeit verging.

Eines Tages, die Blätter der Linde trugen wieder einmal die Farben des sich neigenden Jahres, legte sie ihre Hände an den mächtigen Stamm und sah in die Krone hinauf. „Du hast mir in meinem Leben mehr gegeben als alle Verwandten und Bekannten zusammengenommen", sagte sie. „Selbst meine Kinder besuchen mich nur, wenn sie Geld wollen. Niemand hat mehr Zeit, und für alte Leute wie mich schon gar nicht."

Eine Frau, die einen Kinderwagen vor sich herschob, hatte die Worte gehört. Sie blieb stehen und sah Elfriede an. Zwei Augenpaare trafen sich, das eine geschminkt und jung, das andere faltig und alt: Ein wortloser Augenblick, und die junge Mutter setzte ihren Weg mit schnellen Schritten fort, als gelte es, die vertanen Sekunden nachzuholen.

Traurig sah Elfriede ihr hinterher. „Niemand hat mehr Zeit“, murmelte sie und strich über die rissige Rinde.

Unter der Linde hatte sie die Zeit gefunden, die andere immerzu suchten. Aber es gab keinen Menschen, mit dem sie ihren Schatz hätte teilen können.

November

Katharina ging durch die Drehtür, und es schien ihr, als betrete sie eine andere Welt. Still war es und kühl – die Hochsommerhitze blieb ebenso ausgesperrt wie der allgegenwärtige Autolärm. Mit ihrem Taschentuch tupfte sie den Schweiß von ihrer Stirn und wandte sich an eine miniberockte, sehr junge, sehr geschminkte Verkäuferin, die gelangweilt neben einem Ständer mit Blusen stand.

„Bitte entschuldigen Sie. Ich suche ein hübsches Kleid."

Der Blick der Verkäuferin wanderte über Katharinas weißes Haar, das von Arbeit und Alter gezeichnete Gesicht und blieb an dem dunkelblauen, leicht nach Mottenkugeln riechenden Kostüm hängen. „An was hatten Sie gedacht, gnädige Frau?"

Es klang wie: Sie haben sich wohl verlaufen.

„Was würden Sie mir denn empfehlen?" fragte Katharina höflich.

Die Verkäuferin nahm ein buntes Sommerkleid aus einem Ständer und hielt es ihr hin. „Wie wär's damit? Ein Sonderangebot. Nur vierhundertundachtzig Mark." Offenbar glaubte sie, die sonderbare Alte am ehesten loszuwerden, wenn sie ihr zu verstehen gab, daß sie sich in der Preisklasse geirrt hatte.

„Ich glaube, Sie nehmen Ihren Beruf nicht besonders ernst", sagte Katharina so laut, daß die anderen Kunden aufmerksam wurden. „Ich möchte bitte den Abteilungsleiter sprechen."

Die Verkäuferin verschwand mit hochrotem Kopf. Kurz darauf kam sie in Begleitung einer nicht minder geschminkten Dame mittleren Alters zurück.

„Bei Ihnen ist der Kunde offenbar nur König, wenn er wie ein solcher aussieht", sagte Katharina.

Mit einer Freundlichkeit, die ans Lächerliche grenzte, entschuldigte sich die Abteilungsleiterin für das Verhalten ihrer Angestellten, und der Blick, den sie der Jüngeren zuwarf, ließ nichts Gutes ahnen. Noch vor einigen Tagen hätte Katharina ein schlechtes Gewissen bekommen und versucht, zu beschwichtigen, aber sie hatte beschlossen, daß eine Vierundachtzigjährige durchaus das Recht hatte, egoistisch zu sein.

„Ich benötige ein hübsches Kleid", sagte sie.

Drei Stunden später suchte sie, mittlerweile mit zwei Tüten beladen, ihren langjährigen Hausarzt auf. Er begrüßte sie mit einem charmanten Lächeln. „Wie geht es Ihnen?"

Katharina setzte sich in den Sessel neben seinem Schreibtisch. „Danke. Gut. Ich habe mir ein neues Kleid gekauft. Und ich war bei meiner Bank."

„Ach ja? Und was hat man Ihnen geraten?"

Katharina lächelte, und die Fältchen um ihren Mund vertieften sich. „Sie hätten das Gesicht meines selbsternannten Vermögensberaters sehen sollen, als ich ihm sagte, daß ich den gesamten Betrag auf ein Sparbuch einzuzahlen wünsche."

„Nun ja, es gibt sicherlich lukrativere Geldanlageformen, gnädige Frau", sagte der alte Arzt schmunzelnd.

„Ach was. Die fassungslose Miene dieses geschniegelten Möchtegern, der bis vor einer Woche nicht einmal wußte, daß ich seit dreißig Jahren Kundin seiner Bank bin, wiegt den Zinsverlust bei weitem auf. Als ich ihn anwies, meine Rente ab sofort dem Städtischen Zoo zu überweisen, hat er den Mund nicht mehr zugemacht."

Der Arzt lachte, dann wurde er ernst. „Und wie geht es Ihnen sonst?"

Katharina stand auf. „Die Wahrheit kann beflügeln, Herr Doktor. Auch wenn sie manchmal nicht das ist, was wir hören wollen."

„Wann werden Sie abreisen?"

„Morgen früh." Sie lächelte. „Leben Sie wohl."

Er drückte ihre Hand. „Lassen Sie es sich gut gehen."

Als Katharina ihre Wohnungstür aufschloß, war sie ein wenig außer Atem. Einen Fahrstuhl gab es in dem alten Mietshaus nicht, und ihr fiel es zunehmend schwerer, die Treppen zu steigen. Solange sie denken konnte, lebte sie in der Dreizimmerwohnung im dritten Stock, die früher stets zu klein und seit Jahren viel zu groß war. Es standen nur wenige Möbel darin, nichts Wertvolles – außer die alte Uhr, die Katharina vor siebzig Jahren von ihrem Großvater geerbt hatte.

„Du bist würdig, sie zu besitzen", hatte er gesagt. „Versprich mir, daß du sie an einen ebenso würdigen Nachfolger weitergibst, wenn es an der Zeit ist." Eine Woche später war er gestorben.

Katharinas Mutter und später sie selbst hatten die Uhr stehen lassen, wo sie schon immer gestanden hatte: auf dem Kaminsims im Wohnzimmer. Dort trotzte sie wie durch ein Wunder dem Bombardement des zweiten Weltkriegs, und seitdem durfte niemand auch nur daran denken, ihren Platz zu verändern. So wurde die alte Uhr Zeuge des Wiederaufbaus, eines bescheidenen Wohlstandes, der sich in einer neuen Sitzgarnitur und einem Schwarzweißfernseher zeigte. Ihr Pendelschlag klang Katharinas Sohn und Töchtern nach, als sie gingen, ihr eigenes Leben zu leben, und er begleitete Katharina in ihrer Trauer, als ihr Mann nach dreißig Ehejahren starb.

Katharina brachte die Tüten ins Schlafzimmer. Sie freute sich auf den Tag, an dem sie das Kleid anziehen würde: der neunte November, ihr fünfundachtzigster Geburtstag. Mit Sorgfalt packte sie einen Koffer und eine Tasche. Anschließend klingelte sie bei ihrer Nachbarin, einer jungen Mutter, die ihr bei den Einkäufen und mancherlei kleinen Dingen half, die im Alter zur Last wurden.

„Ich möchte Ihnen etwas schenken, Susanne. Es liegt mir sehr viel daran", fügte sie hinzu, als die junge Frau abwehrend die Hände hochhielt. „Kommen Sie auf eine Minute mit zu mir?"

Sie gingen zusammen ins Wohnzimmer. Als Katharina auf die Kaminuhr zeigte, schüttelte Susanne heftig den Kopf. „Das kann ich nicht annehmen!"

„Und ob Sie können!" bestimmte Katharina. „Und ich bestehe darauf, daß Sie sie gleich mitnehmen." Sie holte einen Brief aus einer Schublade. „Den heben Sie bitte gut auf. Ich erkläre darin, daß ich im Vollbesitz meiner geistigen Kräfte bin und Ihnen die Uhr aus freien Stücken gebe."

„Aber sie ist doch ein Familienerbstück!" rief Susanne.

Katharina schmunzelte. „Liebes Kind! Lassen Sie sich ruhig ein kleines Danke für die Zeit sagen, die Sie mir ständig opfern."

„Aber Ihre Kinder ..."

„Als ich meiner Enkelin andeutete, daß sie die Uhr haben soll, schickte sie einen Antiquitätenhändler vorbei, um sie schätzen zu lassen."

*

Nicht nur die sonnenölglänzenden, lärmenden Menschenmassen, die den Strand jeden Tag aufs neue unter sich aufteilten, sondern auch die im Lauf der Jahrzehnte ohne jedes Gefühl für Ästhetik zubetonierte Küste wirkten wie ein Schock auf Katharina, als sie, den Kopf voller sehnsüchtiger Erinnerungen, an den Ort ihrer ersten Liebe zurückkehrte. Aber sie gab dem Impuls, auf der Stelle wieder abzureisen, nicht nach, und sie lernte zu akzeptieren, daß das Leben weitergegangen war, auch in dem Dorf an der Ostsee, wo sie einst die Welt umarmt hatte.

Sie suchte sich einen neuen Arzt, ein gemütliches Zimmer in einer kleinen Pension und unternahm ihre Spaziergänge, bevor der Tag und mit ihm die Urlauberscharen erwachten.

Katharina war sicher, daß niemand sie vermissen würde, es waren eingefahrene Rituale, auf die sie sich verlassen konnte: Ihr Sohn würde am neunten mit einem telefonischen Glückwunsch den Auftakt machen, die jüngere Tochter aus Zeitmangel eine vorgedruckte Happy-Birthday-Fun-Karte schicken, die ältere mit Sohn und Tochter zum Nachmittagskaffee anreisen, zwei Tage bleiben und über ihre mißliche finanzielle Situation jammern, in der Hoffnung, daß das Geburtstagskind sich einmal mehr spendabel zeigen würde.

Der Sommer ging und mit ihm die Menschen. September und Oktober brachten milde Sonnentage, der November begann naß und kalt. Stürme trieben graue Wolken übers Meer, aber der Duft nach Vergänglichkeit, der Katharina früher oft melancholisch gemacht hatte, erfüllte sie dieses Jahr mit Ruhe und Dankbarkeit. Jeden Morgen wanderte sie am Strand entlang und freute sich, anschließend mit Rudi zu frühstücken.

Als sie am achten November ins Frühstückszimmer kam, saß er wie immer am Fenster und wartete auf sie. Es war wundervoll, daß es wieder einen Menschen gab, der auf sie wartete.

„Du wirst doch nicht auf diesen Heiratsschwindler hereinfallen!" hatte Elisabeth gesagt, eine sich selbstverwirklichende Mittfünfzigerin, die sich für einen Monat in der Pension eingemietet hatte und nach eigenem Bekunden die Welt und die Menschen samt ihrer Schlechtigkeiten in- und auswendig kannte.

Katharina hatte gelacht. „Wer sagt denn, daß ich ihn gleich heiraten will, Verehrteste?"

„Aber Katharina! Siehst du denn nicht, daß er nur auf dein Geld aus ist?"

„Ich brauche ihm bloß keins zu geben, oder?"

„Und außerdem ist er viel zu jung für dich!"

Als Elisabeth abreiste, hatte Katharina zum Frühstück Champagner bestellt.

Rudi begrüßte sie mit einem Kuß auf die Wange. „Guten Morgen, Frühaufsteherin! Hübsch siehst du aus mit deinem zerzausten Haar."

„Ich habe mir sagen lassen, das ist jetzt modern", entgegnete Katharina mit einem verschmitzten Lächeln und setzte sich. Der Duft frischer Brötchen stieg ihr in die Nase, und sie griff hungrig zu. Nach dem Frühstück fuhren sie nach Hamburg, verbrachten den Tag mit einem Stadtbummel; am Abend gingen sie ins Theater.

„Morgen mußt du ohne mich frühstücken", sagte Katharina, als sie sich vor der Pension verabschiedeten. „Ich habe nämlich beschlossen, ausnahmsweise bis zum Mittag zu schlafen."

Er lachte. „Und was machen wir bis dahin?"

Sie zwinkerte ihm zu. „Was du machst, weiß ich nicht. Ich muß jedenfalls einen Brief schreiben."

Er kratzte sich am Kinn. „Wie alt wirst du gleich? Sechzig?"

Jetzt lachten sie beide. Sein Vorschlag, noch einen Kaffee zu trinken, lehnte sie höflich ab.

„Ich möchte morgen früh nicht geweckt werden", sagte Katharina zu der Pensionswirtin. „Auch nicht, wenn Herr Klein nach mir fragt!" setzte sie hinzu.

Die junge Frau nickte, und Katharina ging in ihr Zimmer. Erster Stock und Meerblick. Darauf hatte sie bestanden.

Lächelnd riß sie das Blatt mit der Zahl acht vom Kalender, holte das Kleid aus dem Schrank, das sie sich von ihrem ersten und die silberne Spange, die sie von ihrem letzten Geld gekauft hatte. Beides legte sie aufs Bett.

Sie setzte sich an den Schreibtisch, nahm einen Bogen Papier aus ihrer Schreibmappe, öffnete ihr Tintenfäßchen und das abgegriffene Lederetui, strich über den alten Füllfederhalter, der sie fast so lange begleitet hatte wie die Kaminuhr.

Lieber Rudi!
Die Zeit mit Dir war wunderschön. Ich werde sie nie vergessen. Danke.
Deine Katharina

PS:
Über Deinen Heiratsantrag habe ich mich gefreut, auch wenn er nicht ernst gemeint war. Aber was ist schon ernstgemeint in dieser Welt?

Sie faltete das Blatt, steckte es in ein Kuvert, verschloß es sorgfältig, nahm vier weitere Briefe und den Kasten mit den Spendenquittungen aus der obersten Schublade und reihte alles nebeneinander auf. Es gibt nichts Gutes, außer man tut es. Wer hatte das noch gleich gesagt?

Sie ging auf den Balkon hinaus, sah zu den schwarzen Dünen, hinter denen das Meer toste. Der Wind zerrte an ihrem Haar, verfing sich in dem Kasten mit den welken Geranien, deren Rot längst verblaßt war. Als Kind hatte sie ihren Geburtstag gehaßt, weil er in einen Monat fiel, der wie kein anderer den Abschied von Licht und Wärme symbolisierte: vorbei die üppige Augustblumenpracht, die Fülle der Septederernte, der goldene Oktober, der ein letztes Farbenfeuerwerk entfachte, bevor der November die Welt in ein regendunkles Grau hüllte, das für sie immer der Innbegriff von Traurigkeit gewesen war.

Katharina fröstelte. Sie kehrte ins Zimmer zurück, packte ihre Reisetasche und den Koffer. Sie zog das Kleid an und befestigte die Spange in ihrem Haar, das sie wie immer akkurat frisierte. Zum Schluß legte sie ein wenig Rouge und Lippenstift auf. Sie setzte sich aufs Bett, holte ihr Fotoalbum aus dem Nachttisch und blätterte darin. Vergilbte Erinnerungen in Schwarzweiß: ein lachendes Baby auf einem Bärenfell, ein kleines Mädchen mit Sommersprossen und langen Zöpfen, eine verliebte junge Frau am Ostseestrand, eine Braut, weißgerüscht und als stolz lächelnde Mutter mit einem, zwei, drei Kindern. Familienglück in Farbe unterm geschmückten Weihnachtsbaum und vor behängten Osterzweigen. Wieder Hochzeitsfotos, sie als Brautmutter, Großmutter und zuletzt als Witwe in Schwarz neben dem gerahmten Porträt ihres Mannes. Viele Jahre waren seitdem vergangen, aber keine Fotografie erinnerte daran.

Die letzten Seiten füllten Schnappschüsse von Strandspaziergängen, Einkaufsbummeln, Museumsbesuchen: Sie und Rudi Hand in Hand. Sie dachte an ihren alten Arzt, und sie war ihm dankbar, daß er nicht herumgeredet, sondern ihr die Wahrheit über ihre Kopfschmerzen gesagt hatte.

Sie klappte das Album zu und legte es beiseite. Schade, daß es kein Bild von ihrem Gesichtsausdruck gab, als der junge Mann gekommen war. Er hatte ausgesehen wie ein Versicherungsvertreter, und sie war drauf und dran gewesen, ihm die Tür vor der Nase zuzuschlagen. Gewinnerin von hunderttausend Mark? In der Lotterie? Es kostete ihn harte Arbeit, ihr klarzumachen, daß er kein Glas Wasser wollte und auch sonst keine Tricks anzuwenden gedachte, vor denen alte Leute ständig gewarnt wurden.

„Ich spiele nicht mehr in der Lotterie!" sagte sie, doch der Mann blieb stur. Dann fiel ihr ein, daß sie vergessen hatte, die Kündigung des Dauerauftrages zur Post zu geben, und sie lachte, bis ihr die Tränen kamen.

Katharina öffnete die Sektflasche, die sie zur Feier des Tages geordert hatte. Sie füllte ein Glas, nahm die Tabletten aus ihrer Handtasche, die der neue Arzt bereitwillig verschrieben hatte und bröselte eine nach der anderen hinein. Es schmeckte ein wenig bitter, aber sie hatte schon Schlimmeres getrunken in ihrem Leben. Sie legte sich aufs Bett und sah zur Decke. Was ihre Tochter wohl sagen würde, wenn sie morgen keinen Kuchen bekam? Mit einem Lächeln auf den Lippen schlief sie ein.

Der kleine Hund

Mit dem neuen Führerschein in der linken und dem Autoschlüssel in der rechten Hand, läuft Timo glücklich zu seinem Wagen. Wie lange hat er davon geträumt, endlich allein fahren zu dürfen, ohne den ständig nörgelnden Fahrlehrer neben sich, der schon einen Nervenzusammenbruch bekam, sobald die Tachonadel einen Strich über dem Erlaubten pendelte. Sanft fährt Timo mit den Fingerspitzen über die Karosserie. Der rote Lack glänzt in der Sonne. Was für ein Tag!

„Schau mal, Katja, was ich gekriegt hab'!" Stolz hält die fünfjährige Doreen ihrer Freundin einen feuerroten Ball mit schwarzen Punkten hin. „Das ist Pünktchen, mein Hund!"

„Och, ist der schön", sagt die gleichaltrige Katja neidvoll.

„Kommst du mit, wenn ich Pünktchen Gassi führe?"

Katja nickt eifrig. „Aber du hast keine Leine. Und ohne Leine ist Gassi gehen verboten. Sagt meine Mama."

„Hab' ich doch!" Doreen holt ein Einmachgummi aus ihrer Jakke, zieht es über den Ball, kramt ein Kordel hervor und schlingt es um den Gummiring. „So!" sagt sie zufrieden und läßt den Ball aufs Pflaster hüpfen. „Mein Pünktchen ist ein ordentlicher Hund."

Lachend laufen die Kinder aus dem Hof in Richtung Stadtpark, denn nur dort geht ein ordentlicher Hund Gassi.

Timo schließt die Wagentür auf, gleitet hinters Steuer. Das Lederlenkrad fühlt sich gut an. Bevor er startet, schaltet er das Radio ein, dreht am Regler, bis sich die Stimmen beinahe überschlagen. *Ich will Spaß, ich geb' Gas!* dröhnt es. Er kurbelt die Scheibe herunter, fährt mit quietschenden Reifen los. Nie zuvor hat er sich so leicht und frei gefühlt. Als erstes wird er ins Parkcafé fahren. Die anderen sind sicher längst da. Platzen sollen sie vor Neid, wenn er Britta zu einer Spritztour einlädt! *Ich will Spaß, ich geb' Gas!* Auf dem Lenkrad klopft er den Takt mit.

Die Straße führt geradewegs in die Stadt. Kurz nach Mittag herrscht kaum Verkehr. Entspannt lehnt Timo sich zurück, tritt das Gaspedal durch. Er fährt die Abkürzung durch die Siedlung, biegt in die Parkstraße ein. Hui, macht das Spaß, über die Schwellen zu fliegen, die auf der Straße angebracht sind!

„Sieh mal, wie hoch Pünktchen springen kann“, ruft Doreen und wirft den Ball in die Luft. Das Kordel bremst den Schwung, das Gummi rutscht ab. Bevor die Mädchen reagieren können, kullert Pünktchen die Bordsteinkante hinunter.

Etwas Rotes rollt über die Straße. Noch bevor Timo erkennt, daß es ein Ball ist, stürzt ein blondes Mädchen zwischen parkenden Autos hervor. Timo bremst, aber der Wagen will nicht stehenbleiben. Ein Knall, ein kleiner Körper fliegt durch die Luft, bleibt leblos auf dem Pflaster liegen.

Ich will Spaß, ich geb' Gas! tönt es aus dem Radio, aber Timo hört es ebensowenig wie das Martinshorn der Polizeistreife und das Geschrei der Menschen, die herbeilaufen. Aber später wird er es noch viele Male hören, wenn er nachts aufwacht und erkennt, daß sein Alptraum Wirklichkeit war.

Blumen am Wegrand

Selbstverständlich hat sie es eilig, nach Hause zu kommen, und genauso selbstverständlich brummt ein schwerer Laster vor ihr her, den sie wegen des Gegenverkehrs nicht überholen kann. Sie fühlt Ungeduld, Nervosität: Jeden Abend das gleiche! Und einkaufen muß sie auch noch.

Mit Tempo vierzig schleicht sie eine Steigung hinauf, atmet wütend stinkende Dieselabgase ein. Am Chausseerand leuchtet etwas Buntes. Gelbe Narzissen und rote Tulpen vor einem schlichten Kreuz: Frühlingsgrüße für einen Menschen, der hier sein Leben ließ. War er jung oder alt, Mann oder Frau? Lebensfroh oder ernst und in sich gekehrt? Fuhr er Auto, Motorrad, Fahrrad? Oder war er zu Fuß unterwegs? Für Augenblicke vergißt sie den Lastwagen vor sich, die Welt um sich, nimmt unwillkürlich den Fuß vom Gas. Die Frage nach dem Warum drängt sich auf, die Blumen geben die Antwort nicht. Würden im Sommer Rosen dort stehen und im Herbst Astern, bis der erste Schnee Straße, Böschung und die Erinnerung begrub?

Ein, zwei Sekunden, und die Stelle ist passiert. Blick nach links, die Gegenfahrbahn ist endlich frei. Sie setzt zum Überholen an, und im Fahrtwind verfliegen die Zweifel, verwehen die Fragen. Hoffentlich hat der Metzger noch offen, wenn sie nach Hause kommt.

Baumgesicht

Als Astrid den Namen las, wußte sie, daß ihre Suche zu Ende war. Trotzdem dauerte es einen Moment, bis sie die Bedeutung des Wortes begriff, das in nüchternem Amtsdeutsch auf der Akte stand und keinen Platz mehr für Gefühle ließ: *Leichensache.* Sie blätterte, bis sie zu der Seite mit den Fotos kam, starrte auf den ausgemergelten Körper, das zerstörte Gesicht, die langen blonden Haare, auf die sie früher so neidisch gewesen war ...

*

Astrid und Sandra waren zwei Kinder, wie sie unterschiedlicher nicht hätten sein können, und daß sie im Sandkasten trotzdem miteinander spielten, lag daran, daß Astrids Mutter ihre sensible Tochter davon abhielt, sich in eine stille Ecke zu verdrücken, während Sandras Mutter aufpaßte, daß ihr quirliger Sproß Astrids Sandburgen stehen ließ.

Die Mädchen waren in eine Welt geboren worden, in der zaghafte Zeichen andeuteten, daß das Wirtschaftswunder der goldenen Fünfziger nicht endlos weitergehen würde. Darüber hinaus hatte das Schreckgespenst Contergan das Vertrauen ihrer Mütter in die ärztliche und pharmazeutische Allmächtigkeit so nachhaltig getrübt, daß sie sich sogar geweigert hatten, während der Schwangerschaft Calciumtabletten zu nehmen. Vielleicht kam es daher, daß ihre Töchter auf Pillen und Pulver jeglicher Form und Farbe äußerst abwehrend reagierten, was die Phase der Kinderkrankheiten zur besonderen mütterlichen Qual werden ließ.

„Wenn sie wenigstens ein bißchen Hustensaft nehmen würde, statt mich die ganze Nacht wachzuhalten", beschwerte sich Sandras Mutter jedes Jahr aufs neue, sobald die Erkältungszeit nahte – nicht ahnend, daß ihr Wunsch Jahre später auf fatale Weise in Erfüllung gehen sollte.

Sandra und Astrid wurden noch durch einen anderen Umstand in ihrer Entwicklung geprägt: Die in den sechziger Jahren begonnene und in den Siebzigern forcierte auto- und maschinengerechte

Landschaftsgestaltung machte auch vor dem kleinen Dorf am Rande des Westerwalds nicht halt, in dem die Mädchen aufwuchsen. Während sich die schmalen Handtuchäcker, die wie Flicken auf den steinigen Hügeln lagen, nur unter größeren Anstrengungen flurbereinigen ließen, hatte man mit der Lindenallee weniger Probleme. Die alten Bäume, die seit hundert Jahren die Zufahrtsstraße zum Dorf säumten, fielen innerhalb von zwei Tagen einer modernen Streckenführung zum Opfer. Das Kreischen der Kettensäge und das Knarren der fallenden Bäume ging den Mädchen lange nicht aus dem Sinn, und die sonst so fröhliche Sandra weinte, als sie die sägebemehlten Stümpfe berührte.

Für die Erwachsenen mochten die Bäume störend gewesen sein, die Kinder verloren mit ihnen Freunde, denen sie guten Tag gesagt hatten, wenn sie zum nahen Gansbach gingen. Jetzt fehlte das Bindeglied zwischen Böschung und Bach: Entblößt lag die Chaussee in der gleißenden Sonne.

Schlimmer noch als das Fällen der Linden war für die beiden Mädchen der Tod der drei mächtigen Kastanienbäume gegenüber dem Bahnhof. Alle Kinder des Dorfes liebten sie, bewunderten im Frühsommer die klebrigen zartrosa Blüten und konnten es im Herbst kaum erwarten, die ersten braunweißgefleckten Kastanien aus ihrem stachligen Kleid zu schälen.

Als die neue Straße fertig war, taufte man sie von Bahnhofsweg in Kastanienallee um, und die Autofahrer freuten sich über die frisch geteerte Fahrbahn, auf der sie im Gegensatz zu früher bequem aneinander vorbeifahren konnten. Doch an den sauber gefaßten Rändern lockten keine Geheimnisse mehr.

Aber noch gab es die alte Silberweide, die auf einer winzigen Insel im Gansbach stand und von den Kindern Baumgesicht genannt wurde, weil das Gewirr ihrer kahlen Äste und Zweige im Winter wie ein Menschenkopf aussah, dem der Wind das Haar zerzaust hatte. Astrid und Sandra liebten es, darin herumzuklettern. Selbst wenn der Schwung einmal nicht reichte und eins der Mädchen im Wasser landete, ließen sie es sich nicht nehmen, wiederzukommen.

Die Veränderungen machten sich langsam bemerkbar, und nur wer wie Astrid und Sandra jeden Tag draußen umhertollte, nahm sie wahr: der neue Schuttabladeplatz neben dem Bach, die Überlaufbecken der Aluminiumfabrik, die das Wasser eingrauten, der

Abriß der verwitterten Holzbohlenbrücke, das Neubaugebiet, das die Rodelbahn belegte, das Verschwinden von Zittergras, der Schlüsselblumenwiese und der Dornenhecke, in der Igel und Zaunkönig wohnten. Aber immer noch leuchteten die gelben Tupfer der Sumpfdotterblumen am Bachufer, und in einem rosa Teppich aus Wiesenschaumkraut wuchsen wilder Sauerampfer und süßer Klee, von dem die Mädchen besonders gern naschten – bis der angrenzende Steinmetzbetrieb expandierte und die Wiese in eine Steinwüste verwandelte, in der Sandra eines Tages ihre überfahrene, schon steifgewordene Katze Susi fand.

Zuletzt erwischte es auch das Baumgesicht, als der Gansbach in Rohre unter die Erde verbannt wurde. Zu dieser Zeit besuchten Astrid und Sandra das Gymnasium und waren längst aus dem Alter heraus, in dem man Bäumen Namen gab. Und die Kinder der folgenden Generation hatten andere Spiele. Sie trauerten dem alten Baum keine Träne nach.

Mit dem Schulwechsel begann für die Mädchen eine aufregende Zeit, denn das Gymnasium lag in der achtzehn Kilometer entfernten Kreisstadt, und allein die halbstündige Zugfahrt war ein Erlebnis. Astrid und Sandra liebten es, nach Schulschluß durch die Stadt zu bummeln, und ihre Gespräche drehten sich um die neuen Hits von Abba und schicke Mode, für die ihr Taschengeld nicht reichte.

In der neuen Schule lernten sie nicht nur Physik und Englisch, sondern auch die Lust am Diskutieren, die bei der aufgeweckten Sandra naturgemäß stärker war als bei der zurückhaltenden Astrid. Sandra fiel es leicht, Anschluß zu finden, und als sie sich mit vierzehn zum ersten Mal verliebte, zeigte sich das unterschiedliche Wesen der Mädchen, das gemeinsame Kinderspiele lange Zeit überdeckt hatten. Sandra war hübsch, und sie genoß es, von den Jungen in ihrer Klasse angehimmelt zu werden. Sie war ungestüm, neugierig und kompromißlos ehrlich: Sie sagte, was ihr nicht paßte, stritt für ihre Ideen, lachte viel und ließ alle Welt an ihrem Glück teilhaben. Astrid dagegen zog sich mehr und mehr zurück.

Sie beneidete die Freundin um ihr langes Haar, das sich wie ein goldglänzender Wasserfall über ihren Rücken ergoß, während sie mit ihren aschfarbenen Schnittlauchlocken einen ewigen Kampf führte. Sie bewunderte Sandras sonnengebräunten Teint, ihre schlanken langen Beine, und sie haßte ihr eigenes Spiegelbild, das blasse Sommersprossengesicht, die kräftigen Oberschenkel, den zu kleinen Busen, den zu großen Po.

Ohne daß es ihr bewußt geworden war, hatte Astrid sich als Teil ihrer lebenslustigen Freundin gefühlt und deren Erfolg immer auch ein bißchen als eigenen empfunden. Mit Sandras erster Verliebtheit war diese Zeit unwiderruflich vorbei. Astrid versuchte, ihren Schmerz mit langen Spaziergängen zu betäuben, bei denen sie Selbstgespräche führte oder sich einfach ins Gras setzte und dem wimmelnden Leben dort zusah. Sie begann, Tagebuch zu führen und vertraute ihm die sehnsüchtig-traurigen Wünsche einer Vierzehnjährigen an, die sich an der Schwelle zum Erwachsenwerden unverstanden und ungeliebt fühlte.

Astrid sah keine Baumgesichter mehr, aber sie schrieb Gereimtes über die Frühjahrssonne, die den Schnee schmelzen ließ, faßte den Duft von frisch gemähtem Heu in Verse und Strophen und freute sich über Tausende Kornblumen, die eine Ackerbrache in himmlisches Blau tauchten.

Daß die Freundschaft zu Sandra nicht schon zu dieser Zeit zerbrach, war auf einen Wesenszug zurückzuführen, der Astrid auch bei ihren Mitschülern ein gewisses Maß an Sympathie einbrachte: Sie konnte zuhören. Und schweigen.

Als Sandra nach zwei Monaten höchster Glückseligkeit in den Abgrund des Liebeskummers stürzte und sich bei Astrid ausweinte, genoß sie das Gefühl, wieder die erste Rolle im Leben der Freundin zu spielen. Aber schon zwei Wochen später schwebte Sandra mit einer neuen Liebe auf jene rosarote Wolke zurück, auf der für Astrid kein Platz war.

Dieses Auf und Ab wiederholte sich von nun an regelmäßig. Wenn Sandra traurig war, tröstete Astrid sie, wenn sie glücklich war, fühlte Astrid sich verlassen und verraten. Aber niemals wäre sie auf den Gedanken gekommen, den Kontakt abzubrechen. Erst als Sandra den Studenten Bernhard kennenlernte, zeichnete sich ein tiefer Riß in der unverbrüchlich scheinenden Freundschaft ab.

Bernhard war das, was man zu Beginn der achtziger Jahre abschätzig *Ökofreak* nannte, und er führte Sandra aus der unbeschwerten Kinderwelt, in der sie trotz zyklischen Liebeskummers bislang gelebt hatte, in eine Wirklichkeit, die sie so schockierte, daß sie in ihrer Persönlichkeit unauslöschliche Spuren hinterließ. Anfangs interessierte sie sich nur aus Verliebtheit für Bernhards politische und ökologische Ansichten, aber bald erwachte ihr Wissensdurst, und sie verschlang alles, was sie an Literatur über Naturschutz und ökologische Bürgerinitiativbewegungen auftreiben konnte.

Sie las von schwedischen Kindern, die sich per Postkarte beim Bundeskanzler über die schwefelhaltigen Abgase aus dem Ruhrgebiet beschwert hatten, die skandinavische Seen so sauer wie Weinessig werden ließen, sie sah Fotos von zerbröckelnden Domen und Denkmälern, hörte zum ersten Mal die Begriffe saurer Regen und Waldsterben. Sie verfolgte die Berichterstattung über den Widerstand von Naturschützern, die mit einem Hüttendorf gegen die Startbahn West am Frankfurter Flughafen protestierten und mußte sich eingestehen, daß auch ihr Heimatort ein Teil jener Konsumgesellschaft war, die den Raubbau an der Natur nicht nur zuließ, sondern sogar förderte.

Die offensichtliche Scheinheiligkeit der Menschen war für Sandra unfaßbar, und weil sie überzeugt war, die Wahrheit gefunden zu haben, konnte sie nicht mehr tolerant sein gegen die, die anders dachten. Ihre Lebensfreude und Spontaneität wandelten sich in Verbissenheit und den unbedingten Willen, neue Lebensziele durchzusetzen. Sie stritt mit Menschen, die sie eigentlich liebte: ihren Eltern, Schulfreunden, Verwandten – und mit Astrid, der sie vorwarf, rückständig, spießig und inkonsequent zu sein, weil sie vorgab, die Natur zu lieben, aber nicht bereit war, aktiv etwas gegen ihre Zerstörung zu tun.

Obwohl Astrid Sandras Worte verletzten, bemühte sie sich, die neuen Ideen der Freundin zu verstehen, aber sie konnte die Rigorosität nicht nachvollziehen, mit der Sandra ihr altes Leben fortwarf wie ein abgelegtes Kleidungsstück.

Für Sandras Eltern war die Verstocktheit ihrer Tochter allein Bernhards Schuld, und sie verboten ihr den Umgang mit ihm. Doch auch Bernhard war von Sandras aggressiver Konsequenz überrascht. Er hatte sich in den Charme eines lustigen, unkomplizierten Mädchens verliebt, nicht ahnend, daß durch seinen Einfluß daraus Sarkasmus und letztlich ein Akt der Selbstzerstörung werden sollte. An ihrem achtzehnten Geburtstag, ein Jahr vor dem Abitur, verließ Sandra die Schule und ging mit Bernhard fort.

Als Astrid davon erfuhr, waren alle Streitigkeiten vergessen. Ihre Freundschaft konnte nicht so enden! Es kostete sie einige Tage, herauszufinden, wo Sandra war, und zum ersten Mal in ihrem Leben schwänzte sie die Schule.

Die Wohnung von Sandra und Bernhard lag unterm Dach eines alten Mietshauses in der Nähe des Frankfurter Hauptbahnhofs. Die Klingel funktionierte nicht. Bernhard öffnete auf ihr Klopfen und sah sie überrascht an.

„Sandra hat sich nicht verabschiedet", sagte Astrid verlegen.

Bernhard bat sie hinein, entschuldigte sich für das Chaos. „Sandra ist einkaufen. Wir haben nichts mehr im Haus. Aber einen Kaffee könnte ich dir anbieten."

Astrid nickte. Bernhard kramte eine Filtertüte aus dem Schrank und brühte Kaffee auf. Er stellte ihr eine Tasse hin.

„Willst du nichts?" fragte Astrid.

„Du haßt mich, nicht wahr?"

Die Frage kam so überraschend, daß Astrid zusammenzuckte. Sie drehte die leere Tasse in den Händen. „Sandra und ich haben gemeinsam im Sandkasten gespielt, wir haben denselben Kindergarten, dieselben Schulen besucht. Ich bildete mir ein, sie zu kennen. Aber seit sie mit dir zusammen ist ..." Sie sah ihn an. „Alles, was andere und ich an ihr liebten, ist weg – warum?"

„Ich habe ihr einige Wahrheiten klargemacht, die sie in ihrer Naivität nicht sehen wollte", sagte Bernhard.

Als Astrid schwieg, fügte er fast entschuldigend hinzu: „Weißt du, wir erkaufen unseren Wohlstand mit der Zerstörung der Natur und der Armut in der Dritten Welt. Wir dürfen so nicht weitermachen. Aber um etwas ändern zu können, müssen wir unsere Fehler erst mal erkennen, oder?"

„Und dazu ist es nötig, Menschen unglücklich zu machen?"

„Wenn du auf Sandra anspielst: Sie kam hierher, um zu finden, was sie daheim verloren hat: Lebenssinn. Wenn du sie so gut kennen würdest, wie du behauptest, müßtest du das verstehen."

„Ach?" sagte Astrid und stand auf.

Bernhard legte ihr die Hand auf die Schulter. „Man kann Dinge ändern wollen und gerade deshalb glücklich sein." Er lächelte. „Nur wer den Käfig verläßt, lernt den vollen Futternapf zu schätzen."

Astrid blieb keine Zeit, über diesen Satz nachzudenken, der nicht in das Bild passen wollte, das sie sich von Bernhard gemacht hatte. Sandra kam zurück, und ihre ehrliche Freude über den Besuch der Freundin wischte alle Zweifel und Zwistigkeiten weg. Einen Nachmittag lang waren sie sich wieder so nah wie in ihrer Kinderzeit, und als Astrid sich verabschiedete, versprach Sandra, oft zu schreiben.

Zunächst tat sie das auch, berichtete von ihren neuen Freunden, dem Leben mit Bernhard, der Freiheit, zu tun, was sie wirklich wollte. Später schrieb sie von der unvergleichlichen Stimmung bei Demonstrationen und dem berauschenden Gefühl, mit anderen zusammen etwas verändern zu können. Dann wurden ihre Briefe kürzer, unversöhnlicher, sie beklagte Verlogenheit und Ignoranz, die Veränderungen nicht zuließen. Obwohl Astrid nicht alles verstand, was Sandra schrieb, bemühte sie sich, die Freundin zu trösten. An dem Tag, als sie ihr Abiturzeugnis erhielt, kam ihr letzter Brief an Sandra mit dem Vermerk *unbekannt verzogen* zurück.

Wenn Astrid später jemand fragte, warum sie mit ihrem guten Abitur nicht studiert habe, gab sie finanzielle Gründe an. Tatsächlich war es so, daß sie sich nicht vorstellen konnte, Jahre damit zu verbringen, in Hörsälen herumzusitzen. Was sie aber bewog, sich einen Beruf auszusuchen, der weder ihrem Wesen noch ihren Interessen entsprach, blieb ihr selbst unklar. Vielleicht war es ein Stückchen jener Sehnsucht nach dem wahren Leben, die Sandra weggezogen hatte, vielleicht die Suche einer jungen Frau nach Anerkennung? Astrid beschloß, Polizistin zu werden.

Ihr beruflicher Weg führte sie zweieinhalb Jahre nach Kassel und Wiesbaden: eine Zeit, in der sie sich nicht nur an das Tragen einer Uniform gewöhnte, Gesetze und Vorschriften auswendig lernte, sondern auch – notgedrungen – Geselligkeit entwickelte. Sie wunderte sich, wie leicht ihr das fiel, aber womöglich lag es daran, daß alles neu und aufregend war, daß sie ihren ersten Schwips erlebte und ihre erste große Liebe.

Nach der Ausbildung wurde Astrid in die Bereitschaftspolizei versetzt. Sie absolvierte wochenweise Hundertschaftsdienst, Synonym für Herumsitzen und Warten, sie lernte die bunte laute Welt des Frankfurter Flughafens kennen, die nach vierzehn Stunden Dienst allerdings nicht mehr anregend war, und sonntags fuhr sie mit ihren Kollegen zur Startbahn West.

Als sie im Gruppenwagen zu ihrem ersten Einsatz unterwegs war, erinnerte sie sich an einen Film über die Räumung des Hüttendorfes, den sie in der Polizeischule gesehen hatte: Die Verzweiflung der Bewohner, die den Ausbau des Flughafens verhindern wollten und ihr vorhersehbares Scheitern hatten sie berührt.

Sie sah aus dem Fenster. Das Betongrau der Autobahn schien auf das Gras und die Büsche jenseits der Leitplanken abgefärbt zu haben. Selbst der Himmel war grau. Astrid dachte an die Lindenallee in ihrem Dorf, an die Kastanienbäume und die alte Weide im Bach, die sie Baumgesicht genannt hatten. Die Kinder waren genauso machtlos gewesen wie die Demonstranten.

Als sie an der Startbahnmauer ausstiegen, erzählte ihr ein älterer Kollege, daß das Verhältnis zwischen Demonstranten und Polizei vor der Hüttendorfräumung fast freundschaftlich gewesen war. Seitdem herrsche nur noch Konfrontation. Astrid empfand Sympathie für die Demonstranten, aber auf der Rückfahrt bestenfalls noch für die Sache. An der Südostecke der Mauer hatten sie eine Kaffeetafel aufgebaut. Frauen, die ihre Mütter hätten sein können, hatten sie als Flintenweib und Nazischwein beschimpft. Der Wald mußte herrlich gewesen sein.

Astrid wußte nicht, der wievielte sonntägliche Einsatz an der Startbahn es war, als sie Sandra traf. Sie erkannte sie sofort an ihrem langen blonden Haar. Ihr freudiges *Hallo* rief Erstaunen, dann Entsetzen in Sandras Gesicht. Ohne ein Wort wandte sie sich ab.

Astrid berührte sie am Arm. „Sag doch was!“

„Hau ab, du Verräterin!“ herrschte Sandra sie an. In ihren Augen lag Haß. Und etwas, das Astrid nicht deuten konnte.

„Kennst du die etwa?“ fragte ein Kollege.

„Ja“, sagte Astrid. Abends, allein in ihrer Hanauer Westendwohnung, dachte sie lange darüber nach, warum zwei Menschen, die jahrelang eins gewesen waren, nicht einmal mehr ein freundliches Wort füreinander übrig hatten.

Bei späteren Einsätzen sah sie Sandra nicht mehr.

Dann kam der zweite November 1987, der unter der Schlagzeile *Startbahnmorde* durch die bundesdeutsche Medienwelt ging. Alles hatte begonnen wie gewöhnlich: Anfahrt zur Startbahn, Warten, bis die Demonstranten kamen. Plötzlich flogen Steine und Feuerwerkskörper, und die riesigen Strohballen am Rande der sumpfigen Wiesen, die Astrid später in Alpträumen verfolgten, gingen in Flammen auf, als sie daran vorbeiliefen. Kollegen fielen, schrieen. Es herrschte Chaos, und niemand hörte die Schüsse.

Danach zweifelte Astrid zum ersten Mal an ihrem Beruf. War das ihr Lebensziel? Einen Betonzaun zu schützen, den sie genauso überflüssig fand wie diejenigen, die dagegen protestierten? Ihren Kopf hinzuhalten für Fehlentscheidungen, die jene zu verantworten hatten, die jetzt in Worthülsen öffentlichkeitswirksam ihr Bedauern kundgaben, versicherten und betonten, während eine Mutter den Tod ihres Sohnes um ein Haar aus der Bildzeitung erfuhr und die Kollegen seinen Sarg nicht tragen durften, weil ihnen das telegene Gardemaß fehlte? Hatte auch Sandra in der Dunkelheit gestanden und mit Steinen nach ihr geworfen? Hatte sie gewußt, daß geschossen werden würde, es vielleicht sogar gebilligt?

Drei Jahre später zog Astrid die Uniform aus und wechselte zur Kriminalpolizei. Nach einem Jahr Ausbildung und Praktikum wurde sie nach Frankfurt versetzt, eine Stadt, in der die Gegensätze zwischen Arm und Reich so offenkundig waren, daß es viel Blauäugigkeit bedurft hätte, sie zu übersehen: die Taunusanlage mit den armseligen Fixergestalten, Schritte entfernt die alte Oper, überragt von den glas- und stahlglänzenden Monumenten der Banken. Alles hätte Astrid darum gegeben, auf Feldwegen spazieren zu gehen, ohne den Lärm von Autobahnen zu hören. Statt dessen quälte sie sich jeden Tag als Teil einer nicht enden wollenden Blechschlange in die Frankfurter Innenstadt, durchsuchte vor Schmutz starrende, der Bezeichnung Wohnung hohnsprechende Behausungen, nahm zerlumpte, aidskranke Fixer fest, beschlagnahmte kleinere Mengen an Haschisch und Heroin und stellte fest, daß sie nichts, aber auch gar nichts damit bewirkte.

An ihren freien Tagen fuhr sie nach Hause in den Westerwald, genoß die Ruhe und Beschaulichkeit ihrer Kinderwelt, aber jeder

Versuch, von ihrem jetzigen Leben zu erzählen, scheiterte. Astrid merkte, daß sie aus einer Welt kam, die die Menschen im Dorf nicht verstehen konnten. Wahrscheinlich würden nicht einmal die Menschen sie verstehen können, die als sogenannte Normalbürger in Frankfurt lebten. Und so saß Astrid immer öfter abends grübelnd in ihrer kleinen Wohnung, oder sie ging am Main spazieren, wenn sie den Anblick des leeren Rahmens nicht mehr ertragen konnte, aus dem sie das Bild ihrer verlorenen Liebe herausgerissen hatte.

Der Sommer ging vorüber, und an einem dienstfreien regnerischen Septembertag beschloß sie, ihre Wohnung gründlich sauberzumachen. Sie sortierte abgelegte Hosen und Pullover aus, warf einen Stapel alte Zeitungen weg, blätterte Fotoalben durch. In der hintersten Ecke ihres Schreibtischs fand sie Sandras Briefe, und die Erinnerung war so übermächtig, daß sie weinen mußte.

Am folgenden Tag nutzte sie eine Meldeamtsüberprüfung und gab den Namen von Sandra ein; sie war nicht zu finden. Aber Bernhard war in Bockenheim gemeldet.

Eine Woche lang überlegte Astrid, ob sie einen Besuch wagen sollte. Schließlich siegte die Hoffnung, eine alte Freundschaft wiederbeleben zu können, über die Angst vor Sandras haßerfüllten Augen, die sie vor Jahren an der Startbahnmauer angestarrt hatten.

Bernhard öffnete die Tür. „Astrid?" fragte er verblüfft. „Was hat dich denn hierher verschlagen?"

„Ich möchte Sandra besuchen."

Er wirkte unsicher, als er sie hereinbat. Seine Wohnung war kaum größer als ihre und lieblos eingerichtet.

„Ziemlich eng für zwei, oder?" sagte Astrid.

Bernhard räumte Zeitungen und Bücher weg, die sich auf dem einzigen Stuhl stapelten. „Ich wohne allein. Willst du einen Kaffee?"

Astrid nickte. „Aber nur, wenn du einen mittrinkst."

Er machte sich am Herd zu schaffen. „Wie hast du mich gefunden?"

„Dienstgeheimnis."

„Verstehe. Du bist ja bei der Polizei." Auf ihren fragenden Blick fügte er hinzu: „Sandra hat dich mal gesehen. Vor Jahren, draußen an der Startbahn."

„Sie sah mich an, als ob sie mich umbringen wollte."

„Sie hat sich sehr für die Sache engagiert. Du weißt doch, daß sie keine Kompromisse kennt, wenn sie sich ein Ziel gesetzt hat."

„Auch nicht, wenn es um Mord geht?"

„Damit hatten wir nichts zu tun." Er holte Tassen aus dem Schrank. „Als die Schüsse fielen, waren wir nicht dort. Wir sind niemals mehr hingegangen."

„Aber ich war dort!" sagte Astrid schärfer als beabsichtigt. Plötzlich waren die Bilder wieder da, sie roch das brennende Stroh, hörte Steine auf Schilde und Helme prasseln, sah Kollegen stürzen. Mit Gewalt riß sie sich zusammen. „Ich bin nicht deshalb gekommen."

„Sandra und ich sind nicht mehr zusammen." In seiner Stimme lag ein merkwürdiger Unterton.

„Weißt du, wo sie wohnt?"

„Nein."

„Bernhard! Du verschweigst mir was!"

Er schien durch sie hindurchzuschauen. „Warum sollte ich?"

„Du hast wirklich keinen Kontakt mehr zu ihr?"

„Nein."

Astrid glaubte ihm nicht. Er fing ein unverfängliches Thema an, und sie ließ sich darauf ein, in der Hoffnung, doch noch etwas über Sandra zu erfahren. Es war schon spät, als sie sich verabschiedete. Seine Einladung zum Essen schlug sie aus. Die Enttäuschung in seinem Gesicht sah sie nicht.

Auf dem Nachhauseweg kreisten ihre Gedanken nur um Sandra. Bernhard wußte mehr über sie, als er zugab. Aber warum wollte er nicht darüber reden? Schließlich war eine Trennung nichts Schlimmes. Astrids Neugier war geweckt. Sie mußte Sandra finden. Jetzt erst recht!

Anderntags fuhr sie zu der Adresse, an die sie ihre Briefe geschickt hatte. Der Hausmeister behauptete, daß die beiden Chaoten unterm Dach damals nach Bonames gezogen seien. Mit dem Zusatz „frühere Wohnungen" spuckte der Computer tatsächlich eine Anschrift in Bonames aus: ein Wohnhochhaus.

Früher hätte Astrid sich niemals getraut, bei wildfremden Menschen zu klingeln. Aber ihr Beruf hatte ihr genügend Selbstvertrauen gegeben, und so nutzte sie ihren nächsten dienstfreien Tag, um in Bonames nach ihrer Freundin zu forschen. Ein mühseliges Unterfangen. Die meisten Bewohner kannten nicht einmal ihre Flurnachbarn, aber Astrid gab nicht auf. Schließlich geriet sie an eine alte Dame, die stolz erklärte, über jeden Bescheid zu wissen, der während der vergangenen Jahre ein- oder ausgezogen war.

„Wissen Sie, ich sitze den ganzen Tag am Fenster und schaue hinaus. Damit ich noch ein bißchen was mitbekomme vom Leben da draußen. Mein Mann, Gott hab' ihn selig, ist schon lange tot, und meine Kinder kümmern sich nicht um mich. Nun ja. Was sollen sie auch mit einer alten Frau wie mir anfangen."

Bis Astrid die ersten Worte über Sandra hörte, kannte sie das Leben der alten Dame auswendig, aber weil sie an ihre eigene Feierabend-Einsamkeit dachte, nahm sie ihr die Ausschweifungen nicht übel. Außerdem hatte sie immer schon gut zuhören können.

Selbstverständlich erinnere sie sich an das hübsche Mädchen mit den langen blonden Haaren, sagte die alte Dame schwärmerisch. „Sie war ja so höflich. Und immer hat sie gelacht. Und mir die schwere Einkaufstasche hochgetragen. Auch ihr Mann, oder Freund, ich glaube, die beiden waren nicht verheiratet, das nehmen die jungen Leute heute ja nicht mehr so eng, recht haben sie, also, der junge Mann war auch nett. Ganz freundlich hat er immer gegrüßt. Und verliebt waren die beiden. Schön." Sie sah aus dem Fenster. „Aber dann ..."

„Was war dann?" fragte Astrid.

Die alte Frau seufzte. „Sie wohnten über mir, die beiden. Ich habe sie oft streiten gehört. Das hat mich sehr traurig gemacht. Mir fiel auf, daß Ihre Freundin plötzlich krank aussah. Blaß und dünn ist sie geworden. Ich habe sie gefragt, ob sie nicht richtig ißt. Sie hat mir keine Antwort gegeben. Sie ist nur noch selten zu mir gekommen. Fröhlich war sie auch nicht mehr. Und dann sind sie irgendwann ausgezogen. Ich weiß noch, daß zwei Möbelwagen kamen. Sie hat mir nicht einmal auf Wiedersehen gesagt. Der junge Mann – ich habe den Namen vergessen – sagte, daß sie sich getrennt haben. Mehr weiß ich leider nicht."

Astrid bedankte sich und versprach, Sandra zu grüßen, wenn sie sie gefunden hatte. Von Bonames fuhr sie nach Bockenheim. Bernhard versicherte ihr aufs neue, daß er nicht wisse, wo Sandra wohne, aber er wirkte noch unglaubwürdiger als beim ersten Mal.

Daß er versuchte, sie in ein längeres Gespräch zu verwickeln, wischte Astrid beiseite wie seine scheuen Versuche, ihr seine Zuneigung zu zeigen. Seit der Sache mit dem Bilderrahmen ließ sie keine Gefühle mehr zu, weil die Enttäuschung zu weh tat.

Alle weiteren Versuche, Sandra ausfindig zu machen, schlugen fehl. Es war, als sei sie vom Erdboden verschluckt.

*

Die Fotografien von Sandras Leiche verschwammen vor Astrids Augen.

„Wir hatten heute nacht wieder mal 'ne Fixerin", hatte der Kollege vom Kriminaldauerdienst gesagt. „Nix Besonderes. Der goldene Schuß. Oder einfach zu guter Stoff. Na ja, du weißt schon. Die Obduktion mußt du noch klarmachen. Vielleicht als Info für dich: Sie war früher hier in der Scene, arbeitete als Prostituierte auf dem Straßenstrich. Ich hatte sie mal als Geschädigte in einer Vergewaltigungssache. Diese Freier sind wirklich zu allem fähig!" Er zuckte die Schultern. „Ich habe sie danach in Frankfurt nicht mehr gesehen. Vielleicht war sie in Therapie oder ist nach Offenbach rüber." Er blätterte, betrachtete die Fotos. „Sie war bestimmt mal 'ne schöne Frau, bevor sie dieses Scheißzeug nahm."

Er klappte die Akte zu und gab sie Astrid. „Vielleicht gelingt es dir ja, herauszufinden, wo sie zuletzt gehaust hat. Und ob Angehörige da sind."

„Du hast es gewußt!" schrie Astrid Bernhard an, kaum, daß er die Tür geöffnet hatte.

„Geht's auch ein bißchen leiser?" entgegnete er. Die Blässe in seinem Gesicht strafte seine Gelassenheit Lügen.

„Du hast gewußt, daß Sandra heroinabhängig war!" wiederholte Astrid wütend.

Bernhard zog sie in die Wohnung. „Hast du sie gefunden?"

„Allerdings."

„Wo ist sie?"

„In der Leichenhalle im Gerichtsmedizinischen Institut, wenn du es genau wissen willst."

Er wurde noch blasser, als er ohnehin war. „In der – was?"

„Du hast schon richtig gehört." Astrid lachte verächtlich. „Wahrscheinlich hatte sie es satt, dieses ach so tolle Leben, das du ihr gezeigt hast. Oder hat sie bloß nicht kapiert, wie man einen vollen Futternapf schätzt?"

Bernhard wollte etwas sagen, aber Astrid ließ ihn nicht zu Wort kommen. „Bernhard, der Retter der Menschheit! Was macht es da schon, wenn ab und zu einer für die großen Ideale draufgeht!"

„Hör auf", sagte er leise, doch Astrid konnte nicht aufhören. All die Gefühle, die sie jahrelang unterdrückt hatte, brachen aus ihr heraus. „Du hast unsere Freundschaft zerstört! Du hast Sandra nur Unglück gebracht! Du bist schuld an allem!"

Er sah sie an und schwieg. Was hätte er auch sagen sollen? Daß er Sandra sehr geliebt hatte? Wie schön ihre ersten gemeinsamen Monate gewesen waren, voller Ideen und Enthusiasmus, die Welt aus den Angeln zu heben? Er hatte eingesehen, daß Träume dafür nicht reichten, er war bereit, zu akzeptieren, Kompromisse zu schließen. Sie nicht. Letztlich war alles, was geschehen war, eine Folge ihrer rigorosen Ehrlichkeit, für die es keinen Mittelweg gab. Ihr Leben war das Streben nach Wahrheit, und sie vergiftete dabei nicht nur ihren Körper, sondern auch ihre Seele.

Was hatte er nicht alles getan, um ihr zu helfen, hatte Schmerztabletten besorgt, Erbrochenes weggeputzt, wenn sie versuchte, einen Entzug zu machen; er hatte hilflos zugesehen, wie sie flaschenweise Hustensaft in sich hineinschüttete, um vom Heroin loszukommen, hatte sie angefleht, endlich eine Therapie zu machen. Er opferte seine Ersparnisse für sie, und was er nicht opferte, stahl sie ihm, und er konnte nicht begreifen, daß die Sucht ihr keine andere Wahl ließ. Erst als sie sich an fremde Männer verkaufte, fand er die Kraft, sich von ihr zu lösen. Und doch blieb ein Gefühl von Schuld zurück. Seine Augen brannten, er fuhr sich übers Gesicht.

Er spürte Astrids Hand auf seinem Arm und sah, daß auch sie weinte. Er wollte etwas sagen, aber sie schüttelte den Kopf, murmelte eine Entschuldigung und ging.

Als Astrid das Haus verließ, regnete es. Die Luft war mild, aber es fehlte der zarte Duft gelber Schlüsselblumenwiesen, der für sie und Sandra früher untrennbar mit dem Frühling verbunden war –

ebenso wie die Verwandlung der alten Silberweide im Bach, deren knorriges Wintergesicht nach und nach in einem grünen Blätterkleid verschwand, das einen Sommer lang Schutz und Schatten bot. Vorbei, dachte Astrid.

Aber die Sehnsucht würde bleiben. Und die Erinnerung.

Dialog

Hand in Hand schlendern Tina und Uwe durch den Auepark in Kassel. Die untergehende Sonne dringt durch das noch spärliche Frühlingsgrün hoher Bäume und zaubert Reflexe auf Tinas Haar.

„Ich bin so froh, daß du gekommen bist“, sagt sie leise, als fürchte sie, die abendliche Stille zu stören.

„Wirklich?“ Der mißtrauische Unterton ist nicht zu überhören, aber Tina sagt nichts. So oft sie versuchte, ihm seine Eifersucht auszureden, endete es in einem lautstarken Streit. Schweigend gehen sie nebeneinander her. Auf der rechten Seite des Weges lichtet sich der Baumbestand und gibt den Blick auf den Auesee frei, der in der Dämmerung grauschwarz glänzt.

„Euer Aufpasser wollte mich erst gar nicht reinlassen“, nimmt Uwe das Gespräch wieder auf, diesmal in normalem Tonfall.

„Du meinst die Wache am Eingang?“ fragt Tina belustigt. „Und wie hast du den strengen Herrn überzeugt?“ Sie reckt sich und sagt mit verstellter Stimme: „Guten Tag, werter Herr Bereitschaftspolizist! Ich heiße Uwe Stein und bin mit Polizeihauptwachtmeister-Anwärterin Christina Müller liiert! Also lassen Sie mich auf der Stelle in Ihre elende Kaserne hinein!“

Er bleibt stehen und sieht sie an. „Was hast du gedacht, als ich plötzlich auftauchte?“ Wieder der fragende Blick, die Unsicherheit in seiner Stimme.

„Zum Denken hast du mir ja keine Zeit gelassen“, entgegnet sie lächelnd. „Du hast mich umarmt, als ob du mich erwürgen wolltest.“

„Warum, glaubst du, hat ein vielbeschäftigter Student Zeit, werktags bis nach Kassel zu reisen?“

Sie schmunzelt. „Vielbeschäftigt, hm?“

„Du hast genau einen Versuch, also – warum bin ich hier?“

„Weil du es vor Sehnsucht nicht mehr ausgehalten hast?“

„Weil morgen der sechsundzwanzigste April ist! Wie du dich vielleicht erinnern kannst, sind wir uns morgen vor zwei Jahren über den Weg gelaufen.“

„Du hast mich mit deinem Fahrrad vor der Uni über den Haufen gefahren“, sagt sie.

„Du bist einfach ohne zu schauen auf den Radweg gerannt!" entgegnet er vorwurfsvoll.

„Um mich daran zu erinnern, bist du fast zweihundert Kilometer gefahren?"

Er küßt sie. „Ich dachte mir, dieses einschneidende Ereignis sollte gebührend gefeiert werden. Heute abend gehen wir fürstlich essen, und das Wochenende verbringen wir in einer netten kleinen Pension in Borken. Dann hast du es am Sonntag nicht so weit in deine geliebte Kaserne. Na, wie gefällt dir das?"

„Das ist eine sehr nette Idee, wirklich. Aber muß es ausgerechnet dieses Wochenende sein?"

„Ich stelle fest: Deine Begeisterung ist überwältigend", sagt Uwe enttäuscht. „Hast du etwa schon Ersatz gefunden? Vielleicht einen der gutaussehenden Polizisten, die im Dutzend bei euch rumspringen? Freund und Helfer in allen Lebenslagen?"

Tina zieht ihre Hand aus der seinen. „Ich habe Bereitschaftsdienst."

Uwe beschleunigt seine Schritte. „Uwe, ich bin müde. Uwe, ich habe Wachdienst. Uwe, wir sind am Wochenende bei einer Walddurchsuchung eingesetzt. Diesmal ist es also der Bereitschaftsdienst. Aber um Ausreden warst du ja noch nie verlegen."

„Das ist keine Ausrede, das weißt du genau!" sagt Tina wütend.

„Ach ja?"

„Du warst von Anfang an dagegen, daß ich zur Polizei gehe!"

„Jetzt bin ich also wieder schuld?"

„In diesem Fall, ja."

Seit du diesem Bullenverein angehörst, bist du unausstehlich geworden."

„Mach bitte nicht meinen Beruf für unsere Probleme verantwortlich."

„Du willst ja wohl nicht bestreiten, daß wir uns vorher besser verstanden haben", versucht Uwe einzulenken.

„Und warum? Weil du mich Tag und Nacht kontrollieren konntest wie ein kleines Kind! Merkst du nicht, daß deine krankhafte Eifersucht alles kaputtmacht? Daß du ..."

„Quatsch!" fährt Uwe dazwischen. „Ich will bloß kein Flintenweib zur Frau, die Demonstranten verprügelt und Besoffene aus Kneipen holt! Warum geht das nicht in deinen Dickschädel hinein?"

„Dann such dir doch eine andere!“ schreit Tina, und es ist ihr egal, daß man sie durch den ganzen Park hören kann. Uwe will etwas sagen, aber sie schneidet ihm das Wort ab. „Ich habe deine Beleidigungen satt! Ich habe deine verdammte Eifersucht satt!“

„Tina, bitte ... Ich hab's nicht so gemeint.“ Er faßt ihre Hand, aber sie reißt sich los.

In ihren Augen glänzen Tränen. „Ich habe *dich* satt.“ Sie wartet nicht auf seine Reaktion und läuft den Weg zurück, den sie kamen.

Fassungslos sieht er ihr hinterher. Seine Hand gleitet in die Jacke, berührt das schwarze Kästchen. Eigentlich hatte er ihr die Verlobungsringe zeigen wollen.

Die Hand im Spiel

Juwelier Addinger lag hinter dem Verkaufstresen. Seine Augen starrten ins Leere. Um seinen Hals war noch das Seil geschlungen, mit dem man ihn erdrosselt hatte.

Kriminaloberkommissar Fischer wandte sich an einen Kollegen vom Erkennungsdienst, der die Kasse mit Rußpulver einpinselte. „Und?"

„Jede Menge Fingerabdrücke. Aber jede Wette, daß die alle vom Toten stammen?"

Fischer zuckte die Schultern.

„So eine Schweinerei!" schimpfte seine Kollegin, Kriminalkommissarin Ulrike Kempf. Fischer ging zu ihr.

„Schau dir das an!" sagte sie angewidert und zeigte auf einen Kothaufen, der einen penetranten Gestank verbreitete.

Fischer grinste. „Der Mörder hatte offenbar ein kleines Problem mit seinem Enddarm."

„Diese Erkenntnis hilft uns nicht weiter, oder?"

„Warten wir's ab, hm?"

„Alles deutet auf einen Raubmord hin", sagte Fischer am folgenden Tag, als der Kollege vom Erkennungsdienst zu ihm ins Büro kam.

„Ja", entgegnete der. „Wie es aussieht, trugen der oder die Täter Handschuhe. Oder sie ließen sich das Geld und den Schmuck von Addinger geben, bevor sie ihn umbrachten."

Ulrike Kempf kam herein. Sie legte Fischer eine dicke Akte auf den Schreibtisch. „Mit den besten Grüßen vom Wirtschaftsbetrug. Addinger ist dort kein Unbekannter. Vor drei Jahren war er in dubiose Geschäfte verwickelt und hat seine Partner nicht nur böse übers Ohr gehauen, sondern sie anschließend auch noch ans Messer geliefert. Und zwar so geschickt, daß man ihm selbst nicht das geringste nachweisen konnte."

„Wo ist die Pointe?" fragte Fischer.

Ulrike Kempf lächelte. „Einer dieser ehemaligen Partner, Manfred Baumann, ist vor einer Woche aus dem Knast entlassen worden."

„Rache als Tatmotiv klingt nicht schlecht."

Ulrike nickte. „Und als Zeichen seiner Verachtung hinterließ der Mörder eine übelriechende Spur."

„... die sich leider nicht für Beweiszwecke eignet", vervollständigte der Kollege vom Erkennungsdienst.

Fischer runzelte die Stirn. Plötzlich sprang er auf. „Das ist es! Daß ich nicht gleich daran gedacht habe!" Er sah den Beamten vom Erkennungsdienst an. „Du mußt mit mir noch mal zum Tatort fahren."

„Und warum?" fragte der Mann verdutzt.

Fischer zog seine Jacke an. „Das erkläre ich dir vor Ort, Kollege."

„Aber ..." begann Ulrike, doch Fischer fiel ihr ins Wort: „Nimm dir jemanden mit und überprüfe das Alibi von Baumann."

Als Kommissarin Kempf zur Dienststelle zurückkam, saß Fischer an seinem Schreibtisch und krümelte sein Mittagsbrot auf den vor ihm liegenden Bericht. Er sah zufrieden aus.

„Manfred Baumann hat ein Alibi", sagte Ulrike.

Fischer legte das Brot weg und stand auf. „Das ist getürkt. Ich schlage vor, wir statten dem Herrn einen zweiten Besuch ab."

Ulrike sah ihn ungläubig an. „Aber er behauptet steif und fest ..."

Fischer angelte nach dem Autoschlüssel. „Ich erklär's dir auf der Fahrt."

„Was wollt Ihr denn schon wieder?" fuhr Manfred Baumann sie an, als er öffnete. Er hatte fettige Haare, und sein feistes Gesicht war vor Zorn rot angelaufen. Er zeigte auf Ulrike. „Ich hab' der da vorhin gesagt, daß ich bei meiner Freundin war. Die Elli schwört jeden Eid drauf, Kommissar!"

„Ach?" sagte Fischer. „Und wie viel Schmuck aus der Beute hast du ihr versprochen, damit sie für dich lügt?"

Baumann schnappte nach Luft. „Diese Unterstellung muß ich mir von Ihnen nicht bieten lassen!"

Fischer zuckte die Schultern. „Am Tatort wurden deine Fingerabdrücke gefunden."

Baumann grinste. „Auf den alten Trick fall' ich nicht rein."

„Auf welchen Trick denn?" fragte Fischer.

„Na, daß ich sage, daß gar keine Fingerabdrücke da sein können, weil ich Handschuhe anhatte."

„Ich weiß, daß du Handschuhe anhattest, mein Lieber. Aber einmal hast du sie ausgezogen, nicht wahr?"

Baumann wurde kalkweiß. „Scheiße!"

„Genau. Direkt über dem stinkenden Haufen befand sich ein wunderschöner Abdruck an der Wand. Mein Kollege vom Erkennungsdienst war ganz begeistert davon."

Ohne Gegenwehr ließ sich Baumann festnehmen.

„Wie bist du darauf gekommen, an dieser unmöglichen Stelle nach Fingerabdrücken zu suchen?" fragte Ulrike, nachdem sie Baumann ins Polizeigewahrsam gebracht hatten.

Fischer lächelte. „Eine kleine Erinnerung an vergangene Zeiten, Kollegin. Als ich noch in der Bereitschaftspolizei war, hatten wir einen Einsatz, der stundenlang dauerte. Nirgendwo gab es eine Toilette, und der Kollege, der den Gruppenwagen fuhr, hielt es irgendwann nicht mehr aus. Er stoppte, sprang aus dem Wagen und hechtete über eine kleine Mauer. Wir anderen machten uns einen Spaß daraus, ihn in Aktion zu überraschen. Es war zum Schießen, wie er dahockte: Mit der einen Hand hielt er seine Hose, mit der anderen stützte er sich an der Mauer ab. Daß mir dieser urkomische Anblick mal bei der Aufklärung eines Mordfalls helfen würde, hätte ich allerdings nicht für möglich gehalten."

Panne um Mitternacht

Schon morgens versprach der Sonntag heiß zu werden, und Gerrit und Kathrin beschlossen, einen Ausflug ins Grüne zu machen, um der brütenden Hitze in der Stadt zu entfliehen. An einem idyllisch gelegenen See verbrachten sie den Tag und machten sich erst auf den Heimweg, als es zu dämmern begann. Da auf der Autobahn Stau gemeldet wurde, fuhr Gerrit über Land. Sie kamen an kleinen Dörfern vorbei, die im Licht der untergehenden Sonne wie Spitzweggemälde aussahen, folgten schmalen Straßen hügelauf, hügelab und landeten schließlich auf einem Waldweg, den Kathrin nicht mehr auf der Karte fand. Gerrit wendete, doch bevor sie die Straße erreichten, setzte der Motor aus. Alle Versuche, den Wagen wieder flott zu machen, scheiterten. Gerrit fluchte.

Kathrin schaute auf die Uhr. „Gleich Mitternacht! Wo sollen wir in dieser gottverlassenen Gegend bloß Hilfe herbekommen?"

Gerrit wies in die Dunkelheit. „Dort vorne scheint ein Haus zu sein."

Jetzt sah auch Kathrin die Umrisse eines Gebäudes, die sich im Mondlicht hinter den Bäumen abzeichneten.

„Du wartest hier, und ich schaue nach, ob jemand dort wohnt", sagte Gerrit.

Kurz darauf sah Kathrin in dem Haus Licht angehen und atmete auf. Sie hatten Glück gehabt.

Es dauerte lange, bis Gerrit zurückkam. Aber warum beeilte er sich so? Er stieg ein und verriegelte die Tür.

„Was ist denn los?" fragte Kathrin.

Wortlos beugte er sich über sie und drückte auch den Verriegelungsknopf der Beifahrerseite nach unten. Trotz des trüben Innenlichts sah Kathrin, daß sein Gesicht weiß war. „Gerrit! Bitte, sag mir ..."

„Ich hatte schon ein ungutes Gefühl, bevor ich zur Tür kam", begann er leise, als habe er Angst, jemand könne ihn hören. „Soweit ich das im Dunkeln sehen konnte, waren Haus und Garten verwahrlost und heruntergekommen Ich klopfte und erschrak, als sofort geöffnet wurde. Vor mir stand eine alte Frau. Sie stützte sich auf einen Stock, ihr Haar hing in dünnen Strähnen bis auf die Schultern. Sie sah aus, wie man sich als Kind eine Hexe vorstellt. Sie sagte nichts, starrte mich nur aus ihren dunklen Augen an, in denen ein seltsamer Ausdruck lag. Ich erzählte von unserer Panne und fragte, ob ich telefonieren dürfe, doch sie schien mich nicht zu hören. Ich glaubte, sie sei schwerhörig und versuchte, ihr mit Gebärden klarzumachen, was ich wollte.

‚Ich habe gewußt, daß Sie kommen', sagte sie plötzlich, und ihre krächzende Stimme war voller Haß. ‚Aber er wird nicht mit Ihnen gehen. Er gehört zu mir.'

‚Ich will Ihnen nichts wegnehmen, sondern nur kurz telefonieren', wiederholte ich und ging an ihr vorbei in den Flur. Eine Glühbirne an der Decke spendete spärliches Licht; es genügte zu sehen, wie schmutzig es überall war. Auf den Möbeln lag dicker Staub, die Wände überzogen Spinnweben. Aber das Schlimmste war der Geruch nach Fäulnis und Moder, der mir fast den Atem nahm. ‚Wo ist denn Ihr Telefon?' fragte ich.

Die Alte starrte mich mit ihren unheilvollen Augen an. ‚Er geht nicht mit.'

‚Sagen Sie mir bitte, wo ich Ihr Telefon finde, und ich bin gleich wieder weg', versuchte ich, sie zu beschwichtigen.

Sie schüttelte den Kopf. ‚Sie lügen. Aber Sie sollen sehen, daß er es gut bei mir hat.' Sie hinkte auf eine Tür zu, öffnete sie und knipste das Licht an."

„Wer ist denn dieser Er?" fragte Kathrin ungeduldig.

„Unterbrich mich doch nicht dauernd, verflixt noch mal!"

„Ist ja schon gut", lenkte Kathrin ein. So gereizt kannte sie Gerrit sonst nicht.

Er umfaßte das Lenkrad. „Der Raum schien – den Möbeln nach zu urteilen – vor langer Zeit ein Wohnzimmer gewesen zu sein. Auf einem Tisch und einem Sofa stapelten sich halbleere Konservendosen, auf dem Boden lagen Flaschen, Berge von Zeitungen, zerknüllte Kleider und schmutzige Schuhe. Es roch noch entsetzlicher als im Flur, aber die alte Frau schien das nicht zu stören. Sie blieb vor einem verblichenen gelben Vorhang stehen, mit dem ein Teil des Zimmers abgetrennt war. Endlich entdeckte ich das Telefon! Es stand auf einem Hocker vor dem Fenster. Erleichtert lief ich hin und nahm den Hörer. Plötzlich fing die Frau an, hysterisch zu lachen. ‚Er hat Angst vor uns, Alfred! Er will Verstärkung holen, hähähä.'

Ich fuhr herum, dachte ich doch, dieser Alfred stehe hinter mir. Aber ich sah nur die Alte, in deren Augen der Wahnsinn lag."

„Hör mal! Ist das nicht eine Polizeisirene?" unterbrach Kathrin und kurbelte die Scheibe herunter.

„Ja", sagte Gerrit. „Die Polizei anzurufen war das einzige, zu dem ich noch fähig war, nachdem ich Alfred gesehen hatte."

„Warum? Was war denn mit ihm?"

Gerrit starrte in die Dunkelheit. „Alfred lag in einem Bett hinter dem Vorhang und ist, dem Aussehen und Geruch nach zu urteilen, seit Wochen tot."

Ottos Schreibmaschine

Einige Mitglieder der Stadtverordnetenversammlung hatten schon zum wiederholten Mal gähnend auf die Uhr geschaut, als der Bürgermeister endlich den letzten Tagesordnungspunkt zur Sprache brachte. „Wie Sie wissen, ist per Satzung festgeschrieben, daß ein gewisser Prozentsatz öffentlicher Mittel der Kunst zugute kommen soll."

An dem leicht ironischen Unterton hätte ein aufmerksamer Zuhörer erkennen können, daß nach dem Willen des Bürgermeisters die betreffende Satzung gestrichen werden könnte, aber aufmerksame Zuhörer gab es zu dieser Stunde selbst in den Reihen der Opposition nicht mehr. So wurde nach kurzer Debatte die Entscheidung darüber, welches Kunstwerk fortan die Eingangshalle des Rathauses schmücken sollte, dem neuernannten Kulturdezernenten Mittrich übertragen, der davon erfuhr, als er anderntags gegen neun zum Dienst erschien.

„Das ist nur eine der Aufgaben, die dich erwarten", sagte der Bürgermeister mit einem Anflug Schadenfreude zu seinem Duz-Freund. „Aber du wolltest das Ressort ja unbedingt haben."

„Unbedingt ist übertrieben", entgegnete Mittrich. „Aber ich werde die Chance zu nutzen wissen."

Lothar Mittrich hatte den Weg in die Politik gefunden, nachdem er jahrelang im Streifenwagen mehr oder weniger erfolglos den kleinen und mittelgroßen Sündern der Stadt hinterhergefahren war. Seine Entscheidung, die Uniform gegen einen Anzug zu tauschen, wirkte sich nicht nur auf dem Gehaltskonto positiv aus, sondern ließ auch sein Selbstwertgefühl beträchtlich steigen, was ihm unter seinen ehemaligen Kollegen den Ruf eines arroganten Emporkömmlings einbrachte. Die Zeiten, in denen er sich über solcherart Geschwätz aufgeregt hatte, waren gottlob längst vorbei.

Mit Beharrlichkeit, Engagement, dem richtigen Parteibuch und der richtigen Meinung würde er die Karriereleiter emporklettern. Das allein zählte. Um dieses Ziel zu erreichen, nahm er auch das Amt des Kulturdezernenten in Kauf, obwohl ihn Kunst und Kultur nicht die Bohne interessierten, wie er seiner Frau in einer weinseligen Stunde anvertraute. Er wünschte dem Bürgermeister lächelnd einen guten Tag und ging in sein Büro. Daß er als erste Amtshandlung ein Kunstwerk für das Rathaus aussuchen sollte, sah er als Vertrauensbeweis und eine hervorragende Möglichkeit, Fachkenntnis und Fortschritt zu demonstrieren. Da er von Kunst keine Ahnung hatte, holte er vor seiner Entscheidung den Rat eines angesehenen Kritikers ein.

An einem sonnigen Spätsommertag wurde das Kunstwerk ins Rathaus gebracht, in dem außer der Stadtverwaltung und dem Bürgermeisteramt auch die Polizeistation untergebracht war. Der Bürgermeister und einige Angestellte kamen eigens aus ihren Büros im zweiten Stock in die Eingangshalle herunter, um die Neuerwerbung zu begutachten.

„Kreativität und Phantasie in der Auswahl der Materialien und des Sujets sowie die eigenwillige Komposition verraten ein großes Talent", sagte Kulturdezernent Mittrich. Das hatte der Kritiker auch gesagt, und bei richtiger Betrachtung konnte man dem nur zustimmen.

Der Bürgermeister nickte und dachte an das Röhrender-Hirsch-am-Waldesrand-Ölbild, das über seinem Wohnzimmersofa hing. Irgendwie konnte er damit mehr anfangen. Aber er sah ein, daß er den Zeitgeist respektieren mußte: neue Wege in Politik und Kultur! Ja, er hatte gut daran getan, Lothar die Entscheidung zu überlassen.

Als Polizeihauptmeister Otto Ohnsorg an jenem Spätsommertag kurz vor neunzehn Uhr zur Nachtschicht kam, glaubte er seinen Augen nicht zu trauen. Da hatte es doch tatsächlich jemand gewagt, eine Ladung Sperrmüll im Foyer abzustellen: Eisenteile, ein ramponierter Vorschlaghammer, zwei rostige Milchkannen, alte Gartenwerkzeuge, eine klapprige Schreibmaschine und anderes Gerümpel stapelten sich ohne Sinn und Plan auf einer gammeligen Schubkarre, die mitten im Weg stand.

Kopfschüttelnd ging Otto in die Wache. „Welcher Schmutzfink hat denn da draußen seinen Mist entsorgt?" fragte er einen Kollegen von der Spätschicht.

„Also bitte!" sagte der Kollege grinsend. „Spricht man so von einem künstlerischen Werke, das eigens zur Verschönerung dieses Gebäudes und zur Erquickung unserer müden Beamtenseelen aufgestellt wurde?"

„Das ist nicht dein Ernst!“ entgegnete Otto.

„Dreimal darfst du raten, wer sich mit diesem originellen Stück ein Denkmal setzen will.“

„Spuck’s schon aus.“

„Dein zu Amt und Würden gelangter Streifenpartner Lothar, seines Zeichens Kulturdezernent dieser schönen Stadt.“

„Der wußte nicht mal, wie man einen Unfall gescheit aufnimmt“, brummte Otto und verschwand im Sozialraum.

„Das braucht er als Politiker auch nicht zu wissen!“ rief ihm der Kollege hinterher.

Man mochte über das Kunstwerk denken, was man wollte, es lockte die Bürger in Scharen zum Rathaus und förderte somit unbestreitbar die öffentliche Kommunikation. Durch Mund-zu-Mund-Propaganda und einen Artikel in der örtlichen Zeitung neugierig gemacht, kamen täglich Dutzende, um zu sehen, was die Stadt mit ihren Steuergeldern anstellte. Den meisten genügte ein flüchtiger Blick, um ihre Empörung kundzutun.

Da die Büros der zuständigen Mitarbeiter des öfteren wegen Teilzeit, Gleitzeit, Frühstücks- oder Mittagspause geschlossen waren, ergossen sich die Beschwerdeströme regelmäßig in die Wache der Polizeistation, was nicht dazu beitrug, das Kunstverständnis der Beamten zu verbessern. Einer der Besucher war der alte Heinrich, der vor neunundachtzig Jahren in dieser Stadt zur Welt gekommen war, und alle Geschehnisse in seiner Heimat mit Interesse verfolgte.

„Herr Wachtmeister, ich möchte Anzeige erstatten!“ sagte er zu Otto, der es längst aufgegeben hatte, ihm zu erklären, daß es in der Polizeihierarchie seit Jahren keine Wachtmeister mehr gab.

„Und wen, bitteschön, wollense anzeigen?“

Heinrich straffte seine Schultern. „Den Plagiator, der den Schubkarren in der Eingangshalle als sein Kunstwerk deklariert hat!“

„Mhm“, sagte Otto.

Heinrichs Augen funkelten angriffslustig. „Herr Wachtmeister, ich habe mich informiert: Der Mensch, der behauptet, der olle Karren da draußen sei sein Kunstwerk, der ist ein Plagiator! Ein Plagiator ist nämlich einer, der ein Plagiat begeht. Und ein Plagiat ist ein Werk, das durch unrechtmäßiges Nachahmen entsteht. Das sagt mein Nachbar, der ist Lehrer und muß es wissen. Außerdem habe ich in meinem Lexikon nachgesehen, und ich kann Ihnen sagen: Genau so einen Karren hab' ich seit Jahr und Tag bei mir zuhause in der Scheune stehen. Und es sind fast die gleichen Sachen drauf, außer der Schreibmaschine. Die funktioniert ja noch, und da werfe ich sie nicht einfach fort."

„Soso", sagte Otto.

„So lange, wie mein Karren schon in der Scheune steht, lebt der Künstler bestimmt noch gar nicht! Nehmen Sie jetzt bitte meine Anzeige auf?"

Otto dachte nach. „Wenn's recht ist: Ich hätte eine bessere Idee."

Zwei Tage später erschien in der örtlichen Zeitung ein Artikel, der Kulturdezernent Mittrich die Schamesröte ins Gesicht trieb. Irgendein seniler Greis hatte die Frechheit besessen, der Redaktion das Foto einer gammeligen Schubkarre vorzulegen und zu behaupten, das sei das Original, und im Rathaus stehe bloß ein Plagiat herum, das ein durchtriebener Künstler einem unfähigen Kulturdezernenten untergejubelt habe. Zwischen zwei Schubkarrenbildern, das eine mit einer Scheune, das andere mit dem Rathausfoyer als Hintergrund, war ein Foto des alten Heinrich abgedruckt. Es trug die Unterschrift: *Ich aber soll zum Meißel mich erniedern, wo ich der Künstler könnte sein? Schiller, Don Carlos.*

Kulturdezernent Mittrich griff wütend zum Telefon, um sich in der Redaktion zu beschweren, aber mitten in der Bewegung hielt er inne. Einem Mann seines Kalibers standen schließlich andere Möglichkeiten zur Verfügung.

Wiederum zwei Tage später erschien im Feuilleton einer überregionalen Tageszeitung ein längerer Artikel über eine talentierte Künstlerin. Verfasser war ein bekannter Kritiker, dessen Urteil in der Fachwelt großes Ansehen genoß. Er bescheinigte der jungen Künstlerin Kreativität und Phantasie in der Auswahl ihrer Materialien und Sujets und lobte ihre eigenwilligen Kompositionen, die konservativen Kunstformen verhaftete Naturen zuweilen als banal abqualifizierten, während sie in Wahrheit Ausdruck einer großen Begabung seien. Lobend erwähnte der Kritiker, daß Kulturdezernent Mittrich der jungen Künstlerin ein Forum gegeben habe, obwohl sich viele Bürger seiner Stadt dagegen ausgesprochen hätten. Der Artikel schloß mit dem Hinweis, daß man dem Durchschnittsmenschen keineswegs verübeln dürfe, wenn er gewisse Dimensionen geistig-schöpferischer Kraft nicht zu würdigen wisse, denn wie habe schon August Graf von Platen gesagt? *Die Kunst ist keine Dienerin der Menge.*

Zwei Wochen später, nachts um halb eins, saß Polizeihauptmeister Otto Ohnsorg in einem Raum neben der Wache und tippte im Ein-Finger-Suchsystem die Angaben eines Autofahrers in die Maschine, der seinen Opel nach einem Kneipenbummel ohne Seitenscheibe und Radio vorgefunden hatte.

„Nicht gerade das modernste Gerät, das Sie da haben, oder?" meinte der nächtliche Besucher kopfschüttelnd, nachdem Otto zum wiederholten Mal ineinander verklemmte Typen auseinandersortiert hatte.

Otto hörte auf, die Tasten zu bearbeiten und sah den Anzeigenerstatter lächelnd an. „Neulich hat ein Kollege seine Schreibmaschine auseinandergebaut und eine Schraube gefunden, auf der noch der Reichsadler eingestanzt war."

„Im Ernst?"

„Im vollen Ernst. Wann und wo hatten Sie Ihren Wagen abgestellt?"

„Gegen elf in der Friedhofstraße."

Otto tippte: *Gestern abend gegen 23 Uhr stellte ich meinen Pkw mit dem amtlichen Kenn...* Aus. Feierabend. Mit dem E und dem I in Eintracht verkantet, gab das Z seinen Geist auf. Otto nahm den Dekkel ab und erkannte, daß diesmal der Exitus eingetreten war. „Einen Moment, bitte", sagte er zu dem Anzeigenerstatter. „Bin gleich wieder da."

Er nahm die Schreibmaschine und ging von Büro zu Büro, um Ersatz zu besorgen. Ohne Erfolg. Alle Maschinen waren belegt. Es gab viel zu tun in dieser Nacht.

„Für alles haben die Geld! Nur nicht für uns!" schimpfte Otto auf der Wache. „Selbst für gammelige Schubkarren werden Unsummen ausgegeben!" Er warf einen haßerfüllten Blick ins Foyer, wo das Kunstwerk im Licht eines eigens installierten Scheinwerfers strahlte.

„Reg dich nicht auf", sagte der Dienstgruppenleiter. „Ändern kannst du es sowieso nicht."

Otto sah ihn nachdenklich an. Dann überzog ein Grinsen sein nachtdienstmüdes Gesicht. „Es wäre doch gelacht, wenn unsereins nicht auch von moderner Kunst profitieren könnte."

Ohne den verständnislosen Blick seines Vorgesetzten zu beachten, ging Otto in die Eingangshalle und taxierte die eingestaubte Schreibmaschine, die zwischen den Milchkannen und dem Vorschlaghammer lag. Es war zwar nicht das neueste Modell, aber auf jeden Fall besser als das Exemplar, mit dem er sich herumgeplagt hatte. Ungerührt nahm Otto einen Austausch vor und kehrte in den Vernehmungsraum zurück.

„Wo hatten sie Ihren Wagen noch mal abgestellt?" fragte er den Anzeigenerstatter.

Zwei Jahre später, Kulturdezernent Mittrich war inzwischen Mitglied der Landesregierung und der alte Heinrich sanft entschlafen, besuchte ein Fernsehteam die Stadt, in der Polizeihauptmeister Otto Ohnsorg noch immer Streifendienst versah. In der Eingangshalle des Rathauses installierten die Fernsehleute Scheinwerfer und Kameras. Neugierig schauten einige Stadtverordnete und Polizisten, unter ihnen auch Otto, dem Treiben zu.

Nach einleitenden Worten eines bärtigen Reporters über moderne Kunst schwenkte die Kamera auf eine junge Frau, die wie ein verschreckter Paradiesvogel aussah, was zum einen an der Vielfalt und Intensität der Farben liegen mochte, die ihr Gesicht bedeckten und zum anderen an der hektischen Gestik, die sie beim Sprechen entwickelte.

„Hier und heute bin ich gewissermaßen zu den Wurzeln meines Erfolgs zurückgekehrt", sagte sie, bevor der Reporter überhaupt die erste Frage gestellt hatte. „Ich erinnere mich an meine damalige innere Zerrissenheit und das daraus entstandene Bedürfnis, diesen Zustand, der ja auch global immer mehr um sich greift, plastisch darzustellen. Jedes einzelne Teil dieser Arbeit", sie deutete zu der Schubkarre, auf der Ottos Schreibmaschine zwischen den rostigen Milchkannen und dem ramponierten Vorschlaghammer lag, „hat seinen unverrückbaren, sozusagen einzigartigen Platz in der Gesamtkomposition."

Otto mußte husten. Der Reporter bedachte ihn mit einem mißbilligenden Blick und wandte sich wieder seiner Gesprächspartnerin zu. „Was wollen Sie dem Betrachter mit Ihrer Kunst sagen?"

Die Künstlerin strich sich das Haar aus dem Gesicht. „Meine Intention ist es, die Menschen aufzurütteln, sie zum Widerspruch, zum Nachdenken zu bringen, und ich bin gewiß, daß jeder, der sich mit meiner Kunst intensiv beschäftigt, etwas für sein Leben mitnehmen wird."

Otto bekam einen Lachanfall. Dem Reporter fiel vor Schreck das Mikrofon aus der Hand.

„Schnitt! Schnitt!" schrie er. Die junge Künstlerin schaute zu Otto herüber. Er zwinkerte ihr zu, und nach kurzem Zögern zwinkerte sie zurück, gerade so, als sei hier eine Verschwörung im Gange, von der nur sie beide wußten.

Das Denkmal

Ich gehörte von Jugend an zu den Menschen, die mit moderner Kunst nichts Rechtes anzufangen wußten, und wahrscheinlich wäre ich heute ein bedingungsloser Kritiker jener Kunstgattung, wenn das Denkmal nicht gewesen wäre.

Ich habe lange überlegt, ob ich den Namen des Betreffenden preisgeben soll, aber ich glaube, es wäre unfair, denn schließlich konnte er nichts dafür, daß ihn seine Mitmenschen zum Idol erkoren. Auch ich schwärmte für ihn, hing an seinen Lippen, wenn er sprach, las jeden Artikel, den er veröffentlichte, nahm seine Worte für Wahrheit. Ich mochte sein ruhiges Wesen, sein sympathisches Auftreten, seine klugen Gedanken. Aber am meisten liebte ich seine Augen, die alle Träume dieser Welt zu erfüllen versprachen. Er war eine angesehene Persönlichkeit und sollte für seine vorbildlichen Taten geehrt werden.

Ich hatte sämtliche Beziehungen spielen lassen, um eine der begehrten Einlaßkarten zu erhalten und drängelte mich erwartungsfroh zwischen den Honoratioren hindurch, bis ich ganz nah bei dem verhüllten Gebilde stand, das auf einem Podest inmitten des festlich erleuchteten Saales thronte und darauf zu warten schien, endlich entblößt zu werden.

Als nach einer Laudatio der Augenblick gekommen war, erhoben sich grimmiges Gemurmel und lauter Protest. Dieser stummelgliedrige unförmige Steinblock sollte eine Ehrung sein? Der reinste Hohn. Eine Beleidigung! Die Umstehenden sprachen aus, was ich dachte: Die Fratze mit den toten Steinhöhlenaugen hatte nicht das geringste mit dem ebenmäßigen Gesicht des Mannes gemein, den wir verehrten.

Das Denkmal wurde zum Gesprächsthema des Abends, aber ich wollte über diese Geschmacklosigkeit nicht reden und zog mich in eine ruhige Ecke des Saals zurück.

„Ich verstehe das nicht", sagte eine Frauenstimme in meinem Rücken. Eine gefühlvolle Stimme, deren Klang mir bekannt vorkam.

„Ich finde dieses sogenannte Kunstwerk auch abscheulich", entgegnete eine zweite Frau.

„Ich meine nicht den Steinblock", sagte die erste. „Ich verstehe den Rummel nicht, der um *ihn* gemacht wird. Wie kann man einen so skrupellosen und egoistischen Menschen zu einer Kultfigur verklären?“

„Aber Ingrid“, erregte sich die zweite Stimme. „Er ist doch dein Sohn!“

„Eben. Dieses verpönte Denkmal zeigt mehr von ihm als alle Illustriertenfotos zusammengenommen.“

Die Verbitterung in ihrer Stimme war unüberhörbar. Ich wollte nicht wissen, ob sie auch seine Augen hatte und rannte, ohne mich umzudrehen, aus dem Saal.

Gestern brachten sie ein Interview mit ihm. Seine Augen strahlten, aber einen Moment lang glaubte ich, in die dunklen Höhlen zu sehen, die sich dahinter verbargen. Stürmischer Applaus war ihm gewiß.

Jahr der Behinderten

Der Chef kam ins Büro ohne anzuklopfen und warf ein Plakat auf den Schreibtisch seines Werbeleiters. „Haben Sie diesen Mist verzapft?“

Herbert Lensing betrachtete das Plakat. „Wir hatten im vergangenen Jahr großen Erfolg mit dem Slogan, und ich dachte, wir sollten ...“

„Für den Fall, daß Sie es noch nicht gemerkt haben“, fiel ihm sein Chef zynisch ins Wort. „Das vergangene Jahr ist vorbei.“

„Ich fände es trotzdem gut, wenn wir die Plakate weiterverwendeten. Schließlich sterben ...“

„Herrgott, Lensing! Sind Sie so dumm oder tun Sie nur so? Wir haben das Jahr der Behinderten, und die Leute wollen ganz bestimmt keine ollen Kamellen vom Jahr des Kindes mehr sehen.“

„Aber die Problematik hat sich nicht geändert und ...“

„Wir haben die Wünsche unserer Kunden zu respektieren! Und die werden zurecht keinen Pfennig für unbrauchbares Werbematerial bezahlen. Also legen Sie mir gefälligst einen aktuellen Entwurf vor, und zwar möglichst heute noch!“

Bevor Lensing etwas erwidern konnte, verließ sein Chef das Büro. Nachdenklich las der Werbeleiter das vor ihm liegende Plakat. *Helfen Sie den Kindern! Denken Sie daran, daß sie im Straßenverkehr benachteiligt sind.*

Er überlegte kurz, strich *Kinder* durch und schrieb *Behinderte* darüber.

Bücherliebe

Eigentlich ist es ein Tag wie jeder andere, ein Tag, der beginnt, wie alle Tage im Leben des Oberstudienrats Dr. Ehrenfried Möbius zu beginnen pflegen: Um sechs Uhr aufstehen, waschen, rasieren; um halb sieben Frühstück und ein Blick in die Zeitung.

Kurz nach sieben verläßt er seine Zweizimmerwohnung im Hansaviertel, geht zu Fuß zum Theodor-Heuß-Gymnasium, an dem er seit dreißig Jahren die Oberstufenklassen in Naturwissenschaften und Mathematik unterrichtet.

Pünktlich um acht steht er vor der Klasse, bemüht, seinen Schülern die Reaktionen chemischer Elemente zur erklären. Zur zweiten Stunde folgt Physik, nach der großen Pause Mathematik. Er schreibt Formeln an die Tafel, addiert, subtrahiert, verliert sich in der Faszination seiner Zahlenwelten und ist wie jeden Tag ein wenig erschrocken, als der Dreizehn-Uhr-Gong seine Schüler aufspringen läßt. Ehe er etwas sagen kann, laufen die ersten aus dem Klassenzimmer, und kurz darauf steht er allein im Raum. Mit einer fahrigen Geste legt er die Kreide weg, streicht sich über sein schütteres Haar.

Immer öfter hat er das Gefühl, zu alt zu sein, die Jugend zu verstehen, den Mangel an Respekt und Pflichtbewußtsein, diese Sorglosigkeit, mit der sie in den Tag hineinlebt.

Früher hätte es kein Schüler gewagt, aufzustehen, bevor der Lehrer den Unterricht beendet hatte. Als er an seine Schulzeit denkt, fühlt er Wehmut. Schon als Junge hatte er ein festes Ziel vor Augen: Er wollte es im Leben zu etwas bringen, wollte es besser haben als sein Vater, der als kleiner Angestellter der Hamburger Senatsbehörde zeit seines Lebens darunter gelitten hatte, von seiner Frau als Versager hingestellt zu werden.

Wenn Ehrenfried Möbius es sich recht überlegt, waren sein Ehrgeiz und sein Drang, seine Mitschüler zu übertrumpfen, vor allem auf den Einfluß seiner Mutter zurückzuführen, die durch ihren Sohn den Traum von einem standesgemäßen Leben zu verwirklichen suchte. Sorgfältig wischt er die Tafel sauber. Es hatte ihm nichts ausgemacht, als Streber und wegen seines schmächtigen

Körperbaus als Schwächling verspottet zu werden. Er war und blieb ein Einzelgänger, der Kontakte zu anderen Menschen auf das unbedingt Nötige beschränkte und ansonsten versuchte, das sich selbst gesteckte Ziel zu erreichen. Er verließ die Schule mit einem erstklassigen Abitur und studierte Naturwissenschaften und Mathematik auf Lehramt. Seine Mutter unterstützte ihn mit jedem Pfennig, und noch heute sieht er ihr glückliches Gesicht vor sich, als er Studienreferendar an seiner alten Schule wurde.

Dr. Möbius schließt das Klassenzimmer ab, bringt den Schlüssel ins Sekretariat und geht nach Hause. Wie jeden Tag setzt er sich in den Lehnstuhl im Wohnzimmer und betrachtet die Fische in seinem mit Sorgfalt eingerichteten Aquarium, das er sich statt eines Fernsehers gekauft hat, um sich nach der Arbeit zu entspannen. Aber die gewohnte Ruhe will sich nicht einstellen.

Er steht auf, läuft im Zimmer auf und ab und bleibt vor dem Wandregal stehen, das zum Überborden mit seltenen alten Werken der Naturwissenschaften gefüllt ist, die er in jahrelangem Eifer zusammengetragen hat.

„Du liebst diese zerfledderten Schwarten mehr als mich!“

Mit diesen Worten war die einzige Frau gegangen, die ihm außer seiner Mutter je etwas bedeutet hatte. Heute vor fünfzehn Jahren. An einem Tag, der begonnen hatte, wie alle Tage im Leben des Oberstudienrats Dr. Ehrenfried Möbius zu beginnen pflegen.

Die Begegnung

Manchmal geschehen Dinge, die die einen Zufall nennen, während andere sie als Wink des Schicksals sehen. Vielleicht war es solch ein Wink, der dem Buchhalter Heinrich Enners an einem Septemberabend widerfuhr, als er nach der Arbeit mit der Straßenbahn nach Hause fuhr. Er hatte die Zeitung aufgeschlagen und war so in seine Lektüre vertieft, daß er kaum Notiz von dem nahm, was um ihn herum geschah. Als jemand sein Knie berührte, schaute er auf – und erschrak. Fassungslos starrte er das etwa sechsjährige Mädchen an, das zusammen mit seiner Mutter ihm gegenüber Platz genommen hatte. Die blonden Locken, das Stupsnäschen, die blauen Augen – genau wie Eva.

„Was schauen Sie so!“ sagte die Mutter ärgerlich.

„Ihre Tochter sieht jemandem sehr ähnlich, der ...“ Heinrich Enners brach ab und sah aus dem Fenster.

„Verraten Sie mir, wem?“ fragte die Frau. Ihre Stimme klang versöhnlich.

Heinrich schüttelte den Kopf. Er faltete die Zeitung zusammen und stand auf. „Entschuldigen Sie.“

„Mach’s gut, Onkel!“ sagte das Mädchen lächelnd.

Heinrich nickte wortlos. Er stieg aus, obwohl es zwei Haltestellen zu früh war. Er konnte sich nicht erinnern, wann er zuletzt eine längere Strecke zu Fuß gegangen war. Als er seine Wohnungstür im ersten Stock eines alten Mietshauses aufsperrte, war er außer Atem. Erschöpft ließ er sich in den Sessel fallen, der am Wohnzimmerfenster stand und schaute auf die Straße hinaus, wie er es oft abends tat. Das Bild des Mädchens ging ihm nicht aus dem Sinn. Er sah, wie ihm Tränen übers Gesicht liefen, aber es war nicht das fremde Kind, das weinte. Es war seine Eva, und sie fragte wieder und wieder, wann die Mama zurückkomme.

Wie sollte er einem fünfjährigen Kind die grausame Endgültigkeit des Todes erklären? Und wie seine Trauer um die geliebte Frau? Er wußte die Antwort nicht, ebensowenig wie auf die Frage nach dem Sinn seines Lebens, das plötzlich leer und traurig war.

Indem er versuchte, sein Kind zu trösten, fand auch er schließlich Trost, und Eva und die Zeit ließen die Wunde langsam vernarben. Eva wurde sein Ein und Alles. Für sie lebte er, und für sie arbeitete er, machte Überstunden, um ihr Studium zu bezahlen, half, ihre erste eigene Wohnung einzurichten, die nur wenige Gehminuten von seiner entfernt lag, und er tröstete sie, wenn sie Liebeskummer hatte, und den hatte sie oft. Bis sie John kennenlernte.

An ihrem dreiundzwanzigsten Geburtstag sagte sie, daß sie ihn heiraten und für ein Jahr in die USA gehen wolle.

„Du willst dein Studium abbrechen, um mit diesem Kerl in der Welt herumzuzigeunern? Ist das der Dank für die Opfer, die ich jahrelang für dich gebracht habe?“ fragte Heinrich bitter. Eva versuchte zu erklären, aber für ihn gab es keine Erklärung, die er hätte akzeptieren können. Er merkte, daß Eva litt, aber er litt mehr. Nie hatten sie Streit gehabt, nie waren sie länger als ein paar Tage getrennt gewesen. Er fühlte sich, als werde er in einen finsteren Abgrund gestoßen.

„Merkst du nicht, daß du mich mit deiner Liebe all die Jahre fast erdrückt hast?“ fragte sie leise, als sie sich zum letzten Mal sahen. „Nie hatte ich die Chance, mein eigenes Leben zu leben, nicht einmal, als ich bei dir auszog, Vater.“

Sein verletzter Stolz und die Furcht vor der Einsamkeit verboten ihm, ihr recht zu geben, und so stellte er die Alternative: John oder ich. Eva weinte, als sie ging. Und Heinrich schob achtzehn Jahre seines Lebens beiseite, als hätten sie nie stattgefunden.

Ein Lastwagen, der im trüben Licht der Straßenlaternen vorbeidonnerte, riß Heinrich aus seinen Erinnerungen. Er knipste die Lampe neben seinem Sessel an und schloß die Augen, weil die Helligkeit schmerzte. Lange saß er da, reglos, in Gedanken versunken, ehe er mühsam aufstand und zu dem kleinen Schränkchen ging, auf dem das Telefon stand. Er öffnete die oberste Schublade, kramte darin herum und zog einen vergilbten Notizzettel heraus, auf dem Evas Telefonnummer stand. Er hatte sie vor Jahren von seiner inzwischen verstorbenen Nachbarin erhalten, mit der Eva bis zuletzt in Kontakt gestanden hatte. Er hatte den Zettel angenommen, obwohl er sich geschworen hatte, nie mehr ein Wort mit seiner Tochter zu wechseln. Warum hatte er ihn nicht weggeworfen wie die Briefe, die sie in den ersten Jahren geschickt hatte? Er verstand es nicht. Er verstand plötzlich gar nichts mehr.

Mit zitternden Händen wählte er die fremde Nummer, und sein Herz raste, als sich die vertraute Stimme meldete. „Eva Patterson. Guten Abend."

Heinrich Enners schluckte. Sein Mund war so trocken, daß er keinen Laut herausbrachte.

„Hallo! Wer ist denn da?" sagte die Stimme ärgerlich.

Ein glühender Schmerz fuhr durch Heinrichs Brust. Stöhnend stürzte er zu Boden, aber seine Hand umklammerte den Telefonhörer.

„Hallo! Hallo?" drang es noch einige Male an sein Ohr. Dann wurde aufgelegt.

Carmen, Lied der Zukunft

Wir werden die Verantwortung für unsere Zukunft tragen, sagte der Mann zu seiner Frau.

Ja, sagte die Frau. Obwohl sie diese Zukunft weder gewünscht noch geplant hatte, mußte sie sich mit dem Gedanken anfreunden, daß sie bald ihr Leben entscheidend verändern würde.

Ich habe Angst, sagte sie traurig, daß unsere Zukunft uns eines Tages anklagen wird. Noch ahnt sie nichts von Tschernobyl, den toten Nordseerobben, dem Siechtum der Wälder; sie weiß nichts von gierigen Menschen, die den Dschungel niederbrennen und Wale metzeln, sie sieht nicht die schmutzigen Flüsse, riecht nicht die smogtrübe Luft über unserem Haus.

Aber, aber, beschwichtigte der Mann. Was können wir denn dafür?

Die Traurigkeit im Gesicht seiner Frau verstärkte sich, als sie fortfuhr: Unsere Zukunft wird heranwachsen und Fragen stellen, auf die wir keine Antworten geben können. Warum kauftest du Pelzmäntel? Warum steht im Wohnzimmer ein Mahagonischrank? Warum stinken die Abgase deines Autos so? Warum habt ihr wertvolles Öl verbrannt, WARUM LIESST IHR UNS KEINE CHANCE?

Sie fing an zu weinen. Unsere Zukunft wird uns des Mordes anklagen. Ihr habt es gewußt! wird sie schreien und keine Entschuldigung gelten lassen.

Was redest du da? erregte sich der Mann. Unsere Zukunft ist ein Geschenk, wenn auch nicht gerade ein willkommenes, aber wir werden sie annehmen.

Um sie mit Warums und Wiesos allein zu lassen? fragte die Frau resigniert.

Nein, entgegnete der Mann. Flüchtig berührte er die Wange seiner Frau. Wir werden sie annehmen, um ihr Klatschmohn und Kornblumen zu zeigen, ihren Mund Honig schmecken, ihre Nase Rosen riechen, ihre Ohren Vogellieder hören zu lassen. Wir werden unserer Zukunft das Leben geben, damit sie die Liebe kennenlernt, das Glück, einen Menschen zu finden, der sie versteht.

Die Frau wischte sich mit der Hand übers Gesicht und sagte leise: Sie wird das Salz ihrer Tränen schmecken, Enttäuschungen, Haß und Gewalt ausgesetzt sein.

Der Mann lächelte. Warum hast du kein Vertrauen in ihre Kraft, das Schicksal zu meistern, wie wir es auch gemeistert haben? Glaube mir, sie schafft es! Schließlich ist sie unsere Zukunft.

Aber haben nicht alle Generationen der Zukunft versagt? wandte die Frau ein. Sind nicht auch wir die unerfüllte Hoffnung eingebildeter Sieger, die zu spät erkannten, daß andere ihren Preis verkauften? Dürfen wir an unsere Zukunft denken, ohne ein schlechtes Gewissen zu haben? – Danke.

Sie nahm das Taschentuch, das der Mann ihr hinhielt und tupfte die Tränen aus ihren Augen. Können wir es verantworten, unsere Zukunft in unserem vom Einsturz bedrohten Mietshaus einzusperren, aus dem wir ausziehen werden, bevor es zusammenfällt?

Ja, sagte der Mann. Es ist unsere einzige Chance. Vielleicht weiß unsere Untermieterin Zukunft, die warm und behütet in deiner Gegenwart ruht, eines Tages einen Weg, das Haus vor dem Einsturz zu bewahren.

Vielleicht, ja, stimmte seine Frau zu. Behutsam strich sie über ihren gewölbten Bauch. Wir sollten ein wenig aufräumen, damit unsere Zukunft nicht erschrickt, wenn sie das Haus sieht.

Das ist eine gute Idee, lobte der Mann. Wir werden die Löcher vergipsen und die Mauern streichen.

Die Frau warf einen Blick zur Uhr. Es ist gleich zwölf. Wir müssen uns beeilen.

Der Mann nahm sie in seine Arme und küßte sie. Laß uns anfangen! Damit wir unsere Zukunft nicht enttäuschen, damit sie zu allererst das Lachen lernt. Und wenn sie ein Mädchen wird, fügte er stolz hinzu, soll sie Carmen heißen. Unser Lied für die Zukunft.

Die Frau nickte lächelnd. Und dann gingen sie Hand in Hand in den zerstörten Garten hinaus und fingen an, die graue Fassade ihres Hauses zu streichen, das sie Erde nannten.

Sommergewitter

Eigentlich bin ich auf den Balkon gegangen, um es mir mit einem spannenden Buch im Liegestuhl gemütlich zu machen, aber jetzt stehe ich an der Brüstung und schaue gebannt den grauschwarzen Wolken zu, die den Himmel verdunkeln. Wie von einer unsichtbaren Hand gestoßen, schieben sie sich vor die Sonne. Ich fröstele in meinem dünnen Sommerkleid. Eine Windbö zerzaust mein Haar und zerrt an den dicht belaubten Ästen der großen Buche, deren Krone weit über das Balkondach hinausragt.

Das Rauschen der Blätter mischt sich mit dem Klappern der Wellblechabdeckung über mir, gegen die der Wind vergeblich anstürmt. So unerwartet, wie er kam, legt der Sturm sich. Als ob die Natur den Atem anhielte: Kein Laut durchdringt die plötzliche Stille ringsum. Selbst das Gezwitscher der nimmermüden Spatzen ist verstummt. Schwefelgeruch liegt in der Luft, und das wenige Licht, das seinen Weg noch durch die tiefhängende Wolkenwand findet, taucht den Garten in das Sepia einer vergilbten Fotografie. Vereinzelt klatschen Regentropfen auf die Erde. Durstig saugt der ausgetrocknete Boden sie auf. Der Geruch nach gelöschtem Staub steigt zu mir hoch. Ein Blitz zuckt vom Himmel, fernes Grummeln wird hörbar, dem das Echo des ersten Donners folgt.

Der Bann scheint gebrochen. Das zögernde Tak-Tak, das der Regen auf das Blechdach klopft, geht so unvermittelt in ein wildes Stakkato über, daß ich zusammenzucke. Wasser platscht auf die Brüstung, spritzt mir ins Gesicht, prasselt aufs Dach, daß es in meinen Ohren dröhnt. Regenschleier legen sich wie Gaze über den Garten.

Blitze stoßen durch den Regen, aber der Donner läßt zunehmend länger auf sich warten. Der Regen wird schwächer und hört auf. Über mir gluckert Wasser von der Dachrinne ins Fallrohr. Pfützen stehen auf Beeten und Wegen. Der Hof vor dem Haus ist mit Steinen und Erde gesprenkelt. Am Rand, dort, wo Pflaster und Böschung aufeinandertreffen, fließt ein braunes Rinnsal. Die Wolkendecke reißt auseinander.

Sekundenlang ziehen sich gelbe Strahlenbänder zur Erde, die den

Himmel leuchten lassen wie auf einem alten Heiligenbild. Die Sonne blendet mich, die Spatzen zwitschern aufgeregt. Ich rieche den Duft der alten Rose, die an der Brüstung rankt. Von den Beeten steigt Feuchtigkeit auf.

Das Licht spiegelt sich in Tausenden von Wassertropfen, die wie Perlen glänzen. Am Himmel spannt sich ein Regenbogen, der bis zum Horizont reicht. Noch bevor er verblaßt, gehe ich ins Haus zurück und bedauere alle Menschen, die Angst vor Gewittern haben.

Das Märchen vom Schneeglöckchen

Eine Gutenachtgeschichte meiner Mutter

Vor langer, langer Zeit, als der Liebe Gott die Erde und alles, was auf ihr lebt, erschuf, gab er jedem Ding eine Farbe, damit die Welt nicht so traurig und eintönig sei. So wurden Sonne und Mond gelb, Himmel und Meer blau, die Rehe und Hasen hatten braune, die Mäuschen graue Felle. Aber am schönsten sahen die vielen Blumen aus, die inmitten einer grünen Wiese in den herrlichsten Farben leuchteten.

Zufrieden betrachtete der Liebe Gott sein Werk.

„Und welche Farbe bekomme ich?" fragte eine schüchterne Stimme. Zu seinem Erstaunen bemerkte der Liebe Gott eine kleine Blume, die ein so unscheinbares Glockenkleid trug, daß er sie beim Farbenverteilen völlig übersehen hatte. Und jetzt war kein einziger Tropfen mehr übrig! Nach kurzem Überlegen schlug er dem Glokkenblümchen vor, eine andere Blume zu bitten, ihm ein bißchen Farbe abzugeben. Glücklich über die schöne Idee, machte sich die kleine Blume auf den Weg.

Zuerst kam sie zur Sonnenblume, deren Blüte strahlte wie die Sonne selbst. Die kleine Glockenblume mußte sich ganz schön strecken, damit sie mit ihr reden konnte, denn die Sonnenblume war schrecklich groß.

„Liebe Sonnenblume, du bist so herrlich gelb – kannst du mir nicht ein wenig von deiner Farbe schenken?" fragte das Blümchen lächelnd.

„Wo denkst du hin!" antwortete die Sonnenblume verschnupft aus der Höhe. „Ich verschenke doch nicht einen Teil meiner Schönheit!"

Enttäuscht ging die kleine Glockenblume weiter und kam zur Rose. „Guten Tag, Rose. Ich habe noch nie ein solch schönes Rot gesehen, wie du es trägst – könntest du mir vielleicht ein bißchen davon abgeben?"

„Was bildest du dir ein!" schimpfte die Rose. „Mich, die edelste aller Blumen, so etwas zu fragen! Mach, daß du weiterkommst, du häßliches Geschöpf." Gesenkten Hauptes setzte die kleine Glokkenblume ihre Wanderung fort, aber noch hatte sie nicht alle Hoffnung aufgegeben.

Als nächstes traf sie das Vergißmeinnicht. „Du leuchtest so blau wie der Himmel und das Meer!“ rief sie, und das Vergißmeinnicht freute sich sehr über das Lob. Als das Blümchen darum bat, ihm ein wenig Farbe zu geben, wurde das Vergißmeinnicht verlegen.

„Aber ich habe doch selbst nicht viel.“

Das sah die Glockenblume wohl ein, denn das Vergißmeinnicht war wirklich sehr klein. Und so wanderte sie weiter, von Blume zu Blume, den ganzen Tag lang, aber keine konnte oder wollte ihr etwas Farbe schenken.

Zuletzt kam die kleine Glockenblume zum Stiefmütterchen, und beim Anblick der bunten Farbenfülle, die dessen Blüte erstrahlen ließ, schöpfte sie wieder etwas Zuversicht. „Du hast so viele Farben! Da würde es doch gar nicht auffallen, wenn du mir eine abgeben würdest, oder?“

Das Stiefmütterchen wurde bei diesen Worten sehr ärgerlich. „Du dummes Ding!“ schalt es. „Siehst du nicht, daß jede Farbe einen Teil meines Leuchtens ausmacht? Gäbe ich dir davon ab – ich wäre weniger schön!“

Nun war die kleine Glockenblume am Ende der großen Wiese angelangt, und es gab niemanden mehr, den sie noch um Farbe hätte bitten können. Erschöpft fiel sie ins Gras und weinte sich in den Schlaf. Mitten in der Nacht wurde sie wach. Es war kalt geworden, und sie fror. Als sie daran dachte, wie unansehnlich sie war, mußte sie wieder weinen.

„Lieber Gott!“ rief sie verzweifelt. „Gibt es denn gar keine Farbe, die du mir schenken kannst?“

Die kleine Glockenblume hatte den Satz kaum zu Ende gesprochen, als eine dicke Schneeflocke vom Himmel fiel, die im Mondlicht glänzte.

„Du hast die schönste Farbe, die ich je gesehen habe!“ sagte die kleine Blume und vergaß sogar für einen Moment die Kälte ringsum.

„Aber ich bin doch nur weiß“, entgegnete die Schneeflocke verlegen.

„Weiß wie die Wolken am Himmel und silbern wie die Sterne in der Nacht“, sagte die kleine Glockenblume bewundernd. Leise fügte sie hinzu: „Und ich bin schrecklich häßlich und werde niemals eine Farbe haben."

„Wenn dir Weiß so gut gefällt, kannst du so viel davon haben, wie du willst", bot die Schneeflocke an, stolz, daß ein anderes Wesen sie schön fand. Dann rief sie alle ihre Freunde herbei, und sie hüllten die kleine Blume und die große Wiese in eine funkelnde weiße Decke ein.

Am nächsten Morgen, als die Sonne am Horizont aufstieg, tanzte die kleine Glockenblume in ihrem neuen Kleid über die verschneite Wiese, bis sie zum Lieben Gott kam.

„Ich danke dir für die wunderschöne Farbe!" rief sie glücklich und ein wenig außer Atem vom schnellen Laufen.

Der Liebe Gott lächelte, und es war das erste Mal, daß er das tat, seit er beschlossen hatte, die Welt zu erschaffen. „Dein Kleid ist weiß wie der Schnee. Deshalb sollst du ab heute Schneeglöckchen heißen. Und wenn der Schnee im Frühling schmilzt, darfst du die erste Blume sein, die blüht."

Und so ist es bis heute geblieben.

Lyrik

Warum ich Gedichte schreibe

Gedichte sind
Gedanken
Wörter-Welten
Träumen Wachen
Trauern Lachen
Leben
Auf den Punkt gebracht.

Somalia

Geboren
in eine Welt ohne Zukunft
schreien Deine Augen
schreien Deine Hände
schreit jedes Glied
Deines gedunsenen Körpers
nur
der Mund bleibt stumm.

In einer Welt ohne Zukunft
hat Sprache
keine Worte mehr.

Blume

aus dem Land des Lächelns
verließt ein Paradies
das für Dich keins war.
Kamst in ein Paradies
das für uns keins ist –
für Dich nur wenige Tage.

Im roten Kerzenlicht
starb die zarte Blüte.
Ein welkes Lächeln blieb.

Silberlöffel

Alte Bäume
stehen unter Schutz
Stätten vergangener Kulturen
gräbt man aus:
betrachtet sie mit Ehrfurcht.

Alte Silberlöffel
werden geputzt
sind teuer und kostbar
Antiquitäten:
ein Vermögen wert.

Du bist alt
Niemandem wert
Keinem teuer.

Mit dem Silberlöffel
aßt Du sonntags
Deine Suppe.

Gute Bürger

Sie lagen still im Gras
Am Ufer des Sees
Keiner sah sie
Wenn er nicht wollte.
Fernglasschauend
Schimpfte man
Und grollte.

Die Sommersonne
Tanzte frech
Auf ihrer Haut.
Schamloses Gesindel!
Schimpfte man
Hinterderhand
Und laut.

Anstand Ehre
Pflichtgefühl
Man kämpfte hart
In diesem Krieg.
Ordnungsliebe
Hieß der Sieg.

Fernglasschauend
Stellt man fest
Daß das Gesindel
Den See verläßt.

Gute Bürger baden
Niemals nackt
Sie tragen
Weiße Weste
Hellen Kragen.

Binsen

Du sollst nicht stehlen!
Sagt die Mutter zum Kind
Und steckt wortlos
Das Zuviel an Wechselgeld ein.

Kriege sind Wahnsinn!
Lehrt der Vater den Sohn
Und schenkt ihm
Zur Weihnacht ein Echtholzgewehr.

Liebet Euren Nächsten!
Predigt der Priester dem Volk
Und verweigert dem Sünder
Segen und Abendmahl.

Ich liebe die Natur!
Sagt der Nachbar zum Nachbarn
Und wirft schwungvoll
Die Dose ins Gebüsch.

Vom Schein der Heiligen
Geblendet wachsen
Um die Weisheit
Bekanntlich Binsen.

Keine Zeit

Das Kind fragt.
Jetzt nicht!
Die Tassen müssen
Zu den Tellern passen
Harmonie –

Das Kind weint.
Sei still!
Der Nachbar hat
Schon wieder
Ein neues Auto.

Schnell schnell
Zeit ist
Geld.

Krone

Am Anfang
Machte
Gott der Herr
Himmel Erde
Und
Sein Ebenbild

Und
Sein Ebenbild
Machte
Nicht viel her
Ozonloch
Atomkrieg
Am Ende.

Spaziergang

Fichtenwald
gedrängt
in Reih und Glied
wie Soldaten
todgeweiht

Die hölzerne Kaserne
schmückt ein Schild
Landschaftsschutzgebiet

Rattenberge

Draußen vor der Stadt wo
niemand seine Gedanken hat
schüttelt die
blankgewienerte Welt
ihr Staubtuch aus:
Asche der Zivilisation
bedeckt den Boden.

Zu vornehm Schmutz
unter den Teppich zu kehren
verbrennen wir ihn:
Rückstände des Fortschritts
wandern rußend
über graue Wege
und rostige Schienen
die niemand sehen will.

Die Wohnung der Ratten
hat einen Stuhl
mit drei Beinen
vasengestorbene Blumen
Schachteln und Scherben
zerbrochene Teile einer
angeblich heilen Welt.

Es dauert lange
sagte der Lehrer
bis Berge entstehen.
Ausnahmen sind die Regel
draußen vor der Stadt.

Gras

Das Haar der Erde ist
schütter und grau geworden.
Bald wird es
zur unübersehbaren
Glatzenbildung kommen.

Der stille See

Verborgen
zwischen Hügeln
waldumringt
ruht still der See.

Im Dunkel unterm Eis
wohnen viele Fische.
Ostwind schüttelt
schneeweiße Fichten
raschelt im dürren Schilf.

Bald schon
dringt die Frühjahrssonne
durch Wolkenwände Wärme
reißt das Eis entzwei.
Schmelzender Schnee
gluckst zum See.

Bald schon
zeigt sich zartes Grün
malen Fische Wasserringe.
Vögel üben Frühlingslieder
Schilfgras wächst das Ufer zu.

Bald schon
kommen Besucher
schauen sich staunend um.
Was sie sehen gefällt
jedoch:
Es gefällt nicht genug.

Bald schon
sterben Fische am Haken
und Motorengedröhn
befiehlt Vögeln zu schweigen.
Bald schon
ersticken Frösche im Schlamm
fallen Fichten für Zufahrtswege.

Bald schon
entsteht ein Clubhotel
modern hygienisch rein
bald schon
kann man Urlaub buchen:
Natur besuchen. Bald schon
ist ein Jahr vorbei.

Ostwind jault
und pfeift durch Ritzen
Tüten tanzen
vom Ufer aufs Eis.
Im Dunkel darunter
wohnt niemand mehr.

Nicht mehr verborgen
zwischen Hügeln
der Wald gerodet
ruht stumm der See.

Verlorener Traum

Ich sehe
Häuserreihen wohlgeordnet auf
ehemals heuduftenden Wiesen stehen
Autos hupend
über unseren Indianerpfad rasen
und Edelrosen
vor denen Gänseblümchen flohen.

Ich vermisse
Sumpfdotterblumen und
Buschwindröschen
den Geruch feuchten Mooses
und das Gestrüpp in dem
die Weinbergschnecken wohnten.

Wo blieb die alte Brücke
die zum Blumenschloß führte?
Warum hat man den Bach
in Rohre gezwängt?
Wo ist der modrige Tümpel
aus dem wir Haifische angelten
wo das Wäldchen
in dem unser Hexenhaus stand?

Zurückgekehrt
nach Jahren
fühle ich Erleichterung
nicht mehr
Kind sein zu müssen.

Schminke

Niedlich nennen wir
Kitz und Igel
treten dabei
den Mistkäfer tot.
Natur hat gefälligst
schön zu sein.

Tiger Nerz und
Silberfuchs
sind schicke Mäntel.
Der Rabe
bringt Unglück
weg mit ihm.

Ein Kurzhaarschnitt
für wilde Wiesen
ein wenig Rouge
in unsere Gärten:
Make-up
für faltige Natur.

Unter der Schminke
perlen Tränen
einer Sterbenden.

Südseetraum

Heller warmer Sand
Streichelt Deine Füße
Sanft küßt die Sonne
Dein Gesicht
Wiegende Palmblätter
Spenden Schatten
Kristallklares Meer
Kühlt Deine Haut.

SÜDSEETRAUM –
Für jeden zu haben:
Qualm Dir eine!
Iß schnell was!
Kaufe! Kaufe!
Du wirst es erleben
Beim ersten Zug
Beim ersten Biß.

SÜDSEETRAUM:
Für Dich zu haben!
Buche! Flieg hin!
Du wirst es erleben
Ölige Leiber rotverbrannt
Wie Herden getrieben
Zum sandigen Strand.

Stinkender Tang
Im graugrünen Meer
Nichts kann mehr leben
SÜDSEETRAUM?
Brandung die Abfall
Zu Schaumkronen schlägt
Postkartenhimmel
Ein Schrei –

SÜDSEETRAUMA
Ausverkauft
Nicht mehr zu haben.

Jenseits des Weges

Leicht lassen sich
Die Flügel
Der Vögel stutzen
Keine Anstrengung
Einen Wurm
Zu zertreten
Ein Schuß
Und der
Tiger ist tot.

Jahrhunderte
Gewachsenes Holz
Zermalmt zersägt
Minutenarbeit.

Wenn die
Maschinen stehen
Durchdringen Dornen
Das rostige Gedärm
Darin verborgen
Ein Vogelnest.

Herbst

Bunte wilde Blätter fliegen
um die Wette mit dem Wind,
bleiben auf den Dächern liegen,
decken alles zu geschwind.

Dunkle schwere Wolken ziehen
träge über düstres Land,
Mäntel unter Schirmen fliehen
hastig vor der Regenwand.

Sturmböen rasen ohne Zügel
ungestüm durch Wolkenhügel,
Gras und Baum biegt sich und fällt.
Fahle Sonne, graue Welt.

Das alte Schloß

Einst grub man im Schloßhof und fand
Scherben aus Ton und ein altes Gewand.
Befreit von Stein und Schmutz und Sand,
reiste Vergangenheit durchs Land.

So wurde das alte Schloß bekannt.

Neulich renovierte man,
schaffte große Bagger ran:
Neuer Putz für alte Mauern,
das Efeukleid sah Scheren lauern.

Kürzlich walzten laut und stampften
Motoren durch des Waldes Ruh',
bis teerschwarz neue Straßen dampften.
Ein Igel schaute traurig zu.

Rasen, Rabatten, Rosenrondell,
sie taten sehr viel,
sie taten es schnell.
Ausflugsziel –

So wurde das neue Schloß genannt.

Heute halten Hunderte,
ein Schelm, wen das noch wunderte,
schneeweiße Schnörkel am Mauerrest
mit Kamera und Blitzlicht fest.

Morgen werden sie Fotos betrachten,
erinnernd sortieren, in Alben verfrachten.
Gekalkte Geschichte, geweißtes Gewand:
So kamen die Leute zum Schloß gerannt.

Fröhlich frisierte Kalksteinfassaden,
Eiscafé und Andenkenladen,
durch und durch sichtig und seelenbefreit.
Verlorener Zauber vergessener Zeit:

So wurde das Schloß der Moderne geweiht.

Im Moor

Aufsteigender Abendnebel
An Altwasserauen
Wabert wie weiche Wellen
Milchig ins Schilf.
Schatten seufzen summen
Im seichten Sumpf.

Unken rufen unter Ulmen
Düstre Dämonen
Durchqueren die Dämmerung.
Inseln irisierender Lichter
Irren im Dickicht
Unheimlicher Unruhe.

Fahl fällt Mondlicht
Durch diffuses Dunkel
Beleuchtet blassen Boden
Zerfließt zwischen
Schemenhaften Silhouetten
Aus Nacht und Nebel.

Pusteblume

Samenschirm
In meiner Hand
Ein Windhauch
Trägt Dich
Zur Erde.

Wärme weckt Leben
Die Hülle bricht:
Zartes Grün
Sammelst Kraft
Ein Windhauch
Könnte Dich knicken.

Ins Dunkel stößt
Dein Wurzeldocht
Mit Zacken kriecht
Dein Kleid ins Licht.
Vieltausendfach golden
Leuchtet die Wiese
Dein Frühlingsgesicht.

Bald wird Sommer sein
Und die Kinder kommen
Und pusten
Deine Samen fort.

Regen

Mein Herz klopfte
Wenn ich Dich
Sah hörte spürte
Wenn Du sagtest:
Ich liebe Dich.

Jetzt klopft
Regen ans Fenster
Gläserne Perlen
Ein Rinnsal
Verlorenes Glück.

Jahreszeiten

Meine Liebe erblüht
im Frühling.
Zarte Knospen,
die ich nicht
zu berühren wage, weil
sie so zerbrechlich sind.

Meine Liebe wächst
im Sommer.
Rote Rosen im Garten,
voller Duft und
Leidenschaft, die Dornen
leicht vergessen läßt.

Meine Liebe welkt
im Herbst.
Stürme zerfetzen
rosa Wolken am Horizont,
treiben Regen
über sterbendes Grün.

Meine Liebe erstarrt
im Winter.
Gläserne Zapfen
vor gefrorenen Scheiben,
Mauern aus Eis
zwischen Dir und mir.

Entdeckung

Zuerst
gingen wir ins Restaurant
ins Kino an der Ecke
und im Stadtpark spazieren.

Danach
redeten wir über Politik
Musik und die
Umweltverschmutzung.

Später
gabst Du mir den Rat
nie nach Idealen zu suchen
und dachtest dabei
an die hübsche Blondine
meine Vorgängerin.

Dann
hast du meine Hand
gefaßt und gesagt:
Ich mag Dich.

Irgendwann
mitten im Alltag
entdeckten wir
die Liebe.

Wer glaubt schon an Geister

Immer schneller höher weiter
Sekunden Zehntel Zentimeter
Eine Handbreit auf acht Runden:
Sportsgeist wird gestoppt vermessen.

Moderner Jogger schicker Reiter
Schön und teuer muß es sein
Sportartikel brauchen Kunden:
Sportsgeist möchte gerne prahlen.

Tausend für den Ball im Tor
Zehnmal mehr dem Mann davor
Das Spiel im Court bringt Mille ein:
Sportsgeist läßt sich gut bezahlen.

Werbung prangt in fetten Lettern
Auf T-Shirts Schuhen Bandenbrettern
Sport ist Geld und Geld ist Macht:
Sportsgeist wurde längst vergessen
Geisterwahn wird ausgelacht.

Immer für mich da

Dein Leben bestand aus
Gartenarbeit und Wäschewaschen,
Kaffeekochen, Einkaufstaschen,
Bügeln, Nähen, Stricken,
Häkeln, Stopfen, Sticken.

Deine Berufe waren
Krankenschwester und Chauffeur,
Putzfrau und Friseur,
Schneiderin, Finanzbuchhalter,
Seelenarzt für jedes Alter.

Deine Freizeit verging
im Winter auf der Rodelbahn
mit Schneeballschlacht und Schlittschuhfahr'n.
Im Sommer bautest Du ein Zelt,
gabst für Wassereis mir etwas Geld.

Du warst Experte
im Puppenankleiden und Hasenstallbau,
als Spielzeugreparateur in unser'm Bretterverhau,
im Zuhör'n, Schimpfen und Hinternversohlen:
Da hatte ich Nachbars Äpfel gestohlen.

An Weihnachten
backtest Du Plätzchen und Kuchen,
an Ostern halfst Du uns, Eier zu suchen.
Mengenlehre und anderen Kram
lerntest Du, als ich zur Schule kam.

Du halfst mir,
Liebeskummer zu verdauen,
Tränenbäche, Weltenschmerz,
gabst mir den Rat, auf die Zeit zu vertrauen:
Balsam für mein gebrochenes Herz.

Vergeblich war Dein Ringen,
mir Kochen beizubringen.
Ordnung muß sein!
ging auch nicht in mein Hirn hinein.
Auf die öden Haushaltspflichten
konnt' ich liebend gern verzichten.

Heute sehe ich es ein:
Kinder können schrecklich sein.
Für Deine Mühe mit uns Blagen
möchte ich Dir Danke sagen.

Silvester

Ich hab' nur zwei Bierchen getrunken
weil heut' das neue Jahr beginnt.
Hab' allen Menschen zugewunken
schon ist die Welt um mich versunken
die Zeit im Flug verrinnt.
Ich hab' nur zehn Bierchen getrunken
weil heut' das neue Jahr beginnt.

Index

In Klammern ist das Entstehungsjahr der Erstfassungen angegeben. Die fett gedruckten Texte wurden zusätzlich in die Neuausgabe aufgenommen.